Adolf Wilbrandt

Ein Kampf ums Dasein

Lustspiel in drei Aufzügen

Adolf Wilbrandt

Ein Kampf ums Dasein
Lustspiel in drei Aufzügen

ISBN/EAN: 9783743354104

Hergestellt in Europa, USA, Kanada, Australien, Japan

Cover: Foto ©Andreas Hilbeck / pixelio.de

Manufactured and distributed by brebook publishing software (www.brebook.com)

Adolf Wilbrandt

Ein Kampf ums Dasein

Ein Kampf ums Dasein.

Lustspiel in drei Aufzügen

von

Adolf Wilbrandt.

Wien 1873.

Verlag von L. Rosner
Tuchlauben Nr. 22.

Dem

trefflichen Regisseur und Künstler

Dr. August Förster

in herzlicher Freundschaft

zugeeignet.

Personen.

Winzer.
Philippine, seine Frau.
Hofräthin Wendelin.
Anastasius, ihr Sohn.
Bollstab.
Rosalie, dessen Frau, Winzers Tochter.
Arthur von Wildungen.
Helene.
Maximilian Hammer.
Dalberg.
Holland.
Christine, seine Tochter.
Spörlein, Diener in Hammers Villa.
Eine Zofe. Zwei Dienstmädchen.

Erster Aufzug.

Villa. Rechts ist das zweistöckige Hauptgebäude sichtbar, etwas vorspringend, der Eingang um einige Stufen erhöht; ganz nahe am Hause, im Vordergrunde, ein länglicher Tisch mit Gartenstühlen, darüber eine große Marquise ausgespannt. Garten mit Gebüschen und Statuetten, im Hintergrunde durch zwei gleichförmige Pavillons abgeschlossen, die dem Zuschauer ihre Thüren und die zierlichen, umrankten Fenster ihres oberen Stockwerks zukehren.

Erster Auftritt.
Frau Philippine Winzer allein; dann **Spörlein**.

Philippine (mit Brille, regelmäßigen, schon etwas grauen Locken, sorgfältig und elegant gekleidet, im Morgenhäubchen, kommt lesend von links, eine Schreibmappe unter dem Arm).

Fi donc! Der gute alte Montaigne wird oft etwas unästhetisch. So direkt, so — deutlich. Schlagen wir um! (liest) „Eine Seele, die kein gewisses Ziel hat, verirrt sich. Denn wie man zu sagen pflegt, wer allerwegen ist, ist nirgends." Das ist einmal wieder ein schönes Wort, ein echter Montaigne; ein Brillant! Das streichen wir an; — es verdient fortzuleben. Es prägt sich ein. (für sich wiederholend) „Eine Seele, die kein gewisses Ziel hat, verirrt sich" — — Spörlein! — Spörlein!

Spörlein (aus dem Hause).
Guten Morgen, gnädige Frau. Sie befehlen —

Philippine (legt ihr Buch auf den Tisch).
Von den Herrschaften noch Niemand auf?

Spörlein.
Niemand außer Ihnen, gnädige Frau.

Philippine.

Auch nicht meine Tochter? (Spörlein verneint.) Gott, Gott, Gott, was für eine schläfrige Welt! — Ist das Gebirge heute Morgen zu sehn?

Spörlein.

Nebel. Dunst.

Philippine.

Wie viel Grad hat die Luft?

Spörlein.

Fünfzehn Grad im Schatten.

Philippine.

Das Wasser?

Spörlein.

Dreizehn ein halb.

Philippine.

Windrichtung?

Spörlein.

Nordost.

Philippine.

Mehr Nordnordost, oder Ostnordost?

Spörlein.

Es neigte mehr nach Norden, gnädige Frau.

Philippine.

Ich danke! Gut! — Ich werde heute sehr viel arbeiten, Spörlein; werde nicht hier draußen frühstücken.

Spörlein.

Sondern wo?

Philippine (auf den linken Pavillon deutend).

Da drinnen. Schließen Sie mir diesen Pavillon auf; ich werde mich dort, so lange diese Arbeit dauert, niederlassen. Er ist kühl, behaglich, poetisch, wie für einen Schriftsteller gemacht! — Warum schneiden Sie so ein abscheuliches Gesicht?

Spörlein.

Gnädige Frau —!

Philippine.

Was wollen Sie?

Spörlein.

Es ist das letzte Asyl meines gnädigen Herrn! Alles, was „behaglich" und „poetisch" ist, haben die Herrschaften so allmählich besetzt —

Philippine.

Was berührt das mich?

Spörlein.

Da drinnen sitzt ja der Herr Hammer allemal, wenn er componirt; 's ist sein Heiligthum —

Philippine.

So wird's ihm noch heiliger werden, wenn seine alte Tante, seine zweite Mutter, ein paar Wochen drin gedichtet hat — — Gehen Sie, schließen Sie auf!

Spörlein.

Wir haben da drin unsre Noten, unsre Instrumente und unser Herbarium; wir haben da unsre ausgestopften Vögel —

Philippine.

Fürchten Sie, daß ich mir die braten lasse? — Reden Sie nicht länger, mein lieber, ungeschickter Spörlein; stehlen Sie mir nicht meine Zeit. So ungefähr werde ich ja wohl wissen, was ich meinem lieben Neffen, dem Hausherrn, zumuthen darf, was nicht. Wenn's ihm nicht gefällt, daß ich sein „Heiligthum" bewohne, (lächelnd) wird er mich ja hinausjagen! Gehn Sie und lassen Sie mich hinein.

Spörlein.

Soll er denn im Rauchfang componiren, gnädige Frau —

Philippine (sieht ihn vornehm und streng an).

Ich ersuche Sie zum letzten Mal, mein' lieber Spörlein: schließen Sie auf!

Spörlein.

Hm! (Geht nach hinten, öffnet den linken Pavillon.) Aber das wollt' ich nur sagen —

Philippine (kurzab).

Sie werden wohl die Güte haben, mein Frühstück nicht zu vergessen! (Geht in den Pavillon, macht hinter sich zu.)

Zweiter Auftritt.
Spörlein, ein Dienstmädchen, dann Rosalie.

Spörlein (giftig, nach seiner Uhr sehend).

Ich werde die Güte haben — in einer guten halben Stunde, Madame! — — Unser letztes Asyl! — — Na, na, na, was giebts?

Ein Dienstmädchen (aus dem Hause, mit Briefen und Zeitungen).

Die Post.

Spörlein.

Schon gut! (Das Mädchen ab. Die Briefe anschauend) An Frau Hofräthin Wendelin; — schon wieder von ihrem Doctor: es scheint, der verordnet ihr täglichen Briefwechsel mit ihm! An den Lederfabrikanten Zollstab, zwei. An Herrn Arthur von Wildungen; — riecht nach eau de mille Muff. An meinen Herrn Maximilian Hammer; — o weh! Diese Keilschrift kenn' ich: von unserm dreifachen Gutsbesitzer und Ackerbrotzen Onkel Holland; geben Sie Acht, gnädiger Herr, der meldet sich an! (tief seufzend) Wir sollten über unsere Thür ein Schild nageln lassen: „Herberge für Anverwandte!" Wir haben hier: Onkel und Tante Winzer; wir haben Cousine Rosalie nebst ihrem Zollstab; wir haben Vetter Arthur von Wildungen (so ein Vetter durchs zweiundzwanzigste Knopfloch); wir haben Cousine=Tante oder Tante=Cousine Wendelin nebst Neffe=Cousin Anastasius; und nun werden wir auch noch Onkel Holland bekommen!

Rosalie (aus dem Hause, in eleganter Morgentoilette, gähnend, gelangweilt).

Und so ward aus Abend und Morgen der hundertsieben= undsiebzigste Tag! — Spörlein! Spörchen!

Spörlein.

Sie befehlen?

Rosalie.

Kein Brief für mich?

Spörlein.

Für den Herrn Gemahl zwei; aber keiner für die gnädige Frau.

Rosalie (vor sich hin).

Wie Schade! Es ist so eine hübsche kleine Beschäftigung, Briefe zu lesen.

Spörlein.

Wenn Sie die Zeitung wollen —

Rosalie.

Nein. Die interessirt mich nicht. (Spörlein legt die Zeitungen auf den Tisch.) Meine Mutter dichtet?

Spörlein.

Zu Befehl.

Rosalie.

Niemand, Niemand da! — So muß ich mir Vetter Max herunterrufen.

Spörlein (hastig).

Bitte um Verzeihung! Mein Herr ist heute nicht wohl —

Rosalie.

Das thut nichts; so mach' ich ihn gesund. (ruft nach oben hinauf) Mäx! Mäx!

Spörlein.

Er wollte noch gar nicht aufstehen —

Rosalie.

Mäx! Mäx! (Max erscheint an einem Fenster des oberen Stockwerkes; blaß, mit etwas verwirrtem Haar und verschlafenem, mißvergnügtem Gesicht.) Komm herunter, Märchen; ich langweile mich! (lachend) Lieber Gott, wie er aussieht! Wie das „Leder ohne Ende", das mein

Mann fabricirt. Bleicher Vetter, komm herunter; ich langweile mich zu Tode! (War verschwunden wieder. Sie setzt sich.) Spörchen, mein Frühstück.

Spörlein (mit unterdrückter Wuth).

Sogleich! sogleich! (für sich) Wenn das so fortgeht, werden sie meinen gnädigen Herrn in drei Wochen beerben!

Dritter Auftritt.

Rosalie, Spörlein, Winzer; später Arthur.

Winzer (aus dem Hause, im Sammtkäppchen und seinem türkischen Schlafrock; grau, auffallend wohlbeleibt; hält Spörlein auf, der ins Haus hinein will).

Spörlein!

Spörlein.

Was steht zu Befehl?

Winzer.

Guten Morgen, ma fille! — Mein lieber Spörlein: das Frühstück.

Spörlein (für sich).

Er schmeckt's schon mit der Zunge, wenn ihm nur erst das Wort auf die Lippen kommt! (laut) Sogleich, gnädiger Herr —

Winzer (hält ihn fest).

Mein lieber Spörlein.

Spörlein.

Sie befehlen?

Winzer.

Ich weiß nicht, ob es Zufall oder Absicht war, daß Sie mir gestern weniger Sahne brachten, als sonst.

Spörlein.

Wenn das geschehen wäre —

Winzer.

Ja, es ist geschehn. Mein lieber Spörlein, ich habe überhaupt eine Bemerkung gegen Sie auf der Seele; — stehen

Sie etwas still. Ich schätze Ihre kulinarischen Talente, aber ich ertappe Sie zuweilen auf einem falschen Prinzip.

Spörlein.

Auf welchem Prinzip, Herr Winzer —

Winzer.

Man könnte einen tüchtigen Koch aus Ihnen machen — zieren Sie sich nicht, es ist so: Sie haben Phantasie, künstlerisches Ehrgefühl, feine Empfindung auf der Zungenspitze — — die Kenntnisse kommen. Aber Sie gehören offenbar zur mageren Partei; das ist Ihr Ruin, mein lieber Spörlein.

Spörlein.

Was verstehen Sie unter der mageren Partei —

Winzer.

Es giebt chronische und akute Menschen, feuchte und trockne, ästhetische und moralische: die Natur spaltet sich stets in zwei Gegensätze; — so haben wir auch in der Kochkunst die magere und die fette Sekte, (lächelnd) und die beiden werden sich nie unter Einem unfehlbaren Hohenpriester vereinen. Geben Sie die magere Sekte auf, mein lieber Spörlein; geben Sie sie auf! Mehr Fett, mehr Fett! Mehr Sahne, mehr Sauce, mehr Butter; keine mageren Ideen! Auch mehr Zucker, mehr Zucker: sonst werden Sie nicht ins süße Himmelreich kommen. In der Hölle wird Alles ausgebraten, gedörrt, verschmort: da herrscht das magere Princip; im Himmel weiß man zu leben — wie das die fetten kleinen Engel auf allen Gemälden beweisen.

Spörlein (Winzer betrachtend).

Und Einige auch auf Erden!

Winzer.

Ich bin ein anspruchsloser Mensch, ein Philosoph, der „Mann ohne Bedürfnisse"; aber ich will einen gesunden Organismus haben; wohin kommen wir mit der mageren Sekte? Don Quixote war ein Narr, Cassius ein Mörder, Herzog Alba ein Henker. Das sind nicht meine Ideale! — Bringen Sie mir viel Sahne, mein lieber Spörlein, und bessern Sie Ihre Ideen.

Spörlein.

Ich will jedenfalls sehr viel Sahne bringen, sehr viel Sahne — (Will ins Haus.)

Arthur (erscheint im rechten Pavillon oben am Fenster, im Fez, rauchend).

Spörlein! Mein Frühstück!

Spörlein.

Sogleich! (für sich, wild) Der will nun wieder da brinnen frühstücken — (laut) Sogleich! sogleich! (für sich) Ich werde mich in zwölf kleine Spörleins zerschneiden; für jeden Vetter und Onkel Einen, für jede Tante zwei! (Ab ins Haus.)

Vierter Auftritt.

Winzer, Rosalie, dann Max und Zollstab; Spörlein (geht ab und zu).

Winzer (setzt sich; sieht nach Arthur's Fenster, der wieder verschwunden ist).

Was heißt das? Wie kommt Vetter Arthur in den Pavillon: der stand doch gestern noch leer? — — Aber ein köstlicher Morgen, liebe Rosalinde; — für einen genügsamen Menschen wieder ein herrlicher Tag. Wenn ich so stille dasitzen, Morgenluft schmecken und meinen Gedanken ruhig nachhängen kann — (sieht sich unruhig um; Spörlein erscheint mit dem Frühstück) und das Frühstück kommt — so entbehr' ich nichts von all den tausend Ueberflüssigkeiten der Welt!

Zollstab (kommt mit Max aus dem Hause).

Guten Morgen, guten Morgen! Hier bring' ich euch unsern Patienten; ich hab' ihn aus seinem Schlafzimmer herausgetrommelt. Meine theure Gattin, muntere ihn etwas auf!

Max (einen noch unterbrochenen Brief in der Hand, ein Plaid über der Schulter).

Schönen guten Morgen.

Rosalie.

Wie reizend mißvergnügt er das sagt! — Bist du krank, Hausväterchen?

Zollstab.

Der Arme ist wirklich unwohl; erkältet. Setz dich her, Max, und frühstücke. (Max summt zerstreut, grübelnd, eine Melodie vor sich hin.)

Rosalie.

Erkältet? Armer Vetter! — Und kalt obendrein: der ungalante Mensch küßt seiner holden Cousine nicht einmal die Hand. Ah — jetzt thut er's; — aber mit einem Gesicht, wie wenn er eben eine Selbstmords=Arie componirte! — Ich wollte dich noch um etwas bitten, stummer Träumer: um ein anderes Buch. Das von gestern kann ich nicht auslesen, mein gutes Kind, das ist mir zu schwer. Ich finde es sehr bedeutend, sehr interessant; aber ich werde physisch so leicht müde — das weißt du.

Max.

Ich weiß. Ich werde dir ein Buch heraussuchen, bei dem selbst mein Großvater nicht einschlief —

Rosalie (zerstreut).

Ja, mein Freund, darum bitt' ich! (zu Zollstab, der in einer der Zeitungen liest) Nun? Schon Bericht von unserm Ledermarkt?

Zollstab (nicht).

Sämmtliche Ledersorten im Preis erhöht; — ei, das kann uns gefallen.

Rosalie.

Wildoberleder auch?

Zollstab.

Schmalleder und Wildoberleder am meisten; fünfzehn Procent Aufschlag gegen den letzten Markt.

Rosalie.

Himmlisch, himmlisch, ihr Götter! — Wie steht's mit dem Zeugleder, Schatz?

Zollstab.

War fast keines am Platze. Um circa zehn Procent höher bezahlt.

Rosalie.

Vom Zeugleder hatt' ich eigentlich mehr erwartet! (Spörlein hat mittlerweile das Frühstück in Arthur's Pavillon getragen, desgleichen für die Anderen nach vorn; Max, der wieder halblaut summend componirt, lehnt das seine mit stummer

(Gebeerde ab.) Better Max will nicht frühstücken? — Nicht? — Armer Dulder! — Uebrigens find' ich dich heute wunderbar unterhaltend; du sprichst so viel. Ich bin wahrhaft erstaunt über deine Beredsamkeit.

Max.

Ich horche andächtig deinen Ansichten über Zeugleder, und lerne.

Rosalie (ohne auf den Spott zu achten, naiv).

Ach, mein lieber Junge! Als du noch für mich schwärmtest, warst du um ein Beträchtliches unterhaltender; das muß ich dir sagen. Wo sind die Zeiten hin! Da war Max Hammer ein feurigerer, — ein idealerer Mensch!

Max (für sich).

Und sie auch! — Wenigstens schien sie's zu sein!

Rosalie.

Oho! Was für ein Lärm?

Fünfter Auftritt.

Die Vorigen, Dalberg, Hofräthin Wendelin, Arthur; später Frau Philippine.

Dalberg (kommt hastig und aufgeregt aus dem Hause, die Hofräthin hinterdrein).

Aber Frau Hofräthin, haben Sie die Güte: hören Sie ein einziges vernünftiges Wort!

Räthin (erbittert).

Herr Doctor Dalberg, ich höre!

Dalberg.

Wenn es ein Satz der Wissenschaft ist, daß die Wärme warm macht —

Räthin.

Ich habe nur dieses Eine Kind, mein Herr, ich habe nur dieses Eine!

Dalberg.

Sie wollten die Güte haben, mich anzuhören, Frau Hof= räthin —

Käthin.

Herr Doctor Dalberg, ich höre!

Dalberg.

Wenn es ein Satz der Wissenschaft ist, daß die Wärme warm macht —

Käthin.

Ich bin Mutter, und thue, was mir mein mütterliches Gewissen befiehlt!

Dalberg.

Und also hören Sie nicht!

Käthin.

Doch, mein Herr; ich höre!

Dalberg.

Wenn es also ein Satz der Wissenschaft ist —

Käthin.

O mein Herr —

Winzer.

Um Gottes willen, soll die Wissenschaft stehen bleiben? Bekommen wir nie zu hören, was es giebt? Herr Doctor Dalberg, was hat Sie, einen Philosophen, so aus der Fassung gebracht? (Arthur ist wieder an seinem Fenster erschienen, sieht der Scene rauchend mit Behagen zu, ohne beachtet zu werden.)

Dalberg.

Ich komme in den Gesellschafts-Salon —

Käthin.

Der für Alle da ist —

Dalberg.

Und denke dort am Eckfenster die Aussicht zu zeichnen —

Käthin.

Woran Niemand Sie hinderte —

Dalberg.
Als ich bemerke, daß es vor Hitze nicht auszuhalten ist —

Käthin.
Weil ich ein wenig hatte heizen lassen —

Dalberg.
Heizen! mitten im Sommer! — Ich reiße in meiner Verzweiflung alle Fenster auf —

Käthin.
Und ich mache sie wieder zu —

Dalberg.
Weil das sechzehnjährige Söhnlein sich nicht erkälten soll —

Käthin.
Das Leben meines armen, kranken Anastasius steht mir näher, mein Herr, als das Leben anderer Menschen! — Bei dieser Morgenkühle!

Dalberg.
Ich habe Ihnen am Fenster den Luft-Thermometer gezeigt: fünfzehn Grad Réaumur!

Käthin.
Thermometer gehn falsch.

Dalberg.
Nun so riechen, fühlen, schmecken Sie doch die Luft, gnädige Frau! Geht auch die Luft falsch? Ist die Sonne etwa falsch gestellt, oder nicht aufgezogen? Warum sitzen alle diese Herrschaften ohne Mäntel im Freien? Sind sie alle mit einander gefühllose, unempfindliche Leichname, und nur Ihre Seele bespricht sich mit den Erscheinungen der Natur?

Philippine (ist aus ihrem Pavillon hervorgetreten; überlegen, milde).
Oh! oh! Was für ein musenfeindlicher Zank? (zu Spörlein, der wieder in der Hausthür steht, streng) Ich bitte, endlich mein Frühstück! — Uebt der Herr Doctor Dalberg sich wieder als professor eloquentiae, auf Kosten des schwachen Geschlechts?

Dalberg (für sich).

Meine werthe, getreue Feindin! (laut) Ich bin bereits zu Ende, gnädige Frau. Vor der Frau Hofräthin Wendelin allein fürchte ich mich nicht; aber wenn ihr so ein Succurs kommt, so denke ich auf einen ehrenvollen Rückzug.

Philippine (sich kalt von ihm wendend).

Mein lieber Max! Ich habe dir noch eine kleine Ueberraschung mitzutheilen (lächelnd), die dich entsetzen wird: deine alte Tante hat (auf den linken Pavillon zeigend) da drinnen ihren Musensitz aufgeschlagen; für die wenigen Tage, die sie noch in deinem kleinen Paradies verweilen kann. Sie hat den Muth gehabt, ein fait accompli zu schaffen, — und bittet nun feierlich um Indemnität!

Max (bestürzt).

Meine liebe Tante —

Philippine.

Still, sage mir nichts! Ich weiß, daß es dich ein Opfer kostet, mir dieses dein Musen-Asyl zu überlassen — und ich, deine zweite Mutter, bin stolz, dieses Opfer von dir anzunehmen. Lieber Spörlein, mein Frühstück hierher; hier an diesen Tisch! Zanke nicht mehr mit dem gelehrten Herrn da, meine theure Cousine; er übt ja nur seine Lunge. (Dalberg hat das Buch in die Hand genommen, das Philippine im ersten Auftritt auf den Tisch gelegt, und halb abgewandt blättert er darin.) Genießen wir den Morgen; wozu ist er so schön!

Dalberg (für sich).

Schon wieder der Montaigne, den sie jetzt täglich studirt. Fliegen wir doch dieser literarischen Elster nach: lesen wir die angestrichenen Stellen!

Winzer (in vollstem Behagen).

Ja, der Morgen ist schön; wie ein langsam aufgehender Windbeutel, der von der Pfanne emporduftet: er will noch wachsen, noch wachsen. Aber meine Lieben, bei alledem wird es Zeit, endlich einmal ernstlich von der Abreise zu reden.

Spörlein (für sich).

Das thun sie nun jeden Morgen; es hilft ihnen zur Verdauung.

Winzer.

Wenn man seit zwei, drei Wochen gewissermaßen täglich auf der Abfahrt ist — und nach Italien will —

Spörlein (für sich).

Wo sie nie hinkommen; denn sie haben kein Geld.

Winzer.

Mag man auch ein bedürfnißloser, philosophischer Mensch sein: auf die Dauer wird dieser ungewisse Zustand doch etwas ungemüthlich.

Bollstab.

Und dem guten Vetter wohl auch lästig.

Rosalie.

O, er nimmt gern mit uns vorlieb, unser guter Max!

Philippine.

Das mag sein; aber eine Seele, die kein gewisses Ziel hat, verirrt sich. Glaubt mir, meine Kinder: wer allerwegen ist, ist nirgends.

Dalberg (das Buch noch in der Hand, doch ohne daß die Andern es sehn).

Das glaubte Montaigne auch. Montaigne in seiner Abhandlung „vom Müßiggange".

Philippine (sieht Dalberg betroffen an, steht unwillkürlich auf; für sich).

Weiß denn dieser Mensch Alles?

Dalberg (für sich, lachend).

Diesmal hätten wir die Elster glücklich erwischt!

Winzer.

Philippine, was hast du? Setze dich — — Heiliger Gott, was ist das für ein Lärm?

Max (aufspringend).

Wer macht diese fürchterliche Musik?

Sechster Auftritt.
Die Vorigen, Anastasius.

Anastasius (kommt aus dem Hause, auf einem Kuhhorn blasend; in dunklen Winterkleidern, einen Shawl um den Hals; geht auf der Bühne umher).

Max.

Anastasius? Ist der Junge von Sinnen?

Winzer.

Willst du uns die Ohren zersprengen? Setz' dein Mord=
gewehr ab, oder ich werfe diese Großvatertasse an dir entzwei.

Räthin.

Anastasius! Kind!

Anastasius (hört auf zu blasen und lacht).

Ich dachte mir wohl, es würde euch Freude machen!

Räthin.

Ungerathenes Kind! (Sie will ihm das Kuhhorn wegnehmen; er tritt zurück, sieht sie streng an und droht ihr mit dem Horn.) Nun, schon gut, schon gut!
— Warum kommst du heraus? Unglückliches Kind, hier in der
Morgenluft wirst du dich erkälten. Wie blaß, wie blaß! —
Lieber Max, du erlaubst — (Nimmt Max das Plaid von der Schulter und wickelt Anastasius hinein.) Man hat nur das Eine Kind, und man
will's doch behalten!

Dalberg (wie mit sich selber redend).

Kindererziehung, du höchste und seltenste Gabe unter den
sterblichen Menschen!

Räthin.

O mein Herr —

Philippine (überlegen).

Es soll nicht blos die Seele, es soll auch der Körper ge=
deihen. Ich möchte sagen: man muß die Beiden, wie ein paar
an Einen Wagen gespannte Pferde, immer zugleich lenken.

Dalberg (trocken).

Das möchte auch Plato sagen; und Montaigne sagt's
ihm nach.

Philippine (sieht ihn verstört an; geht auf die andere Seite).

Anastasius.

Ich will hier bleiben, Mutter! Hier auf dem Lande, beim
Vetter Max, gefällt mir's nun einmal besser als zu Haus.

Räthin.

Sollst ja auch bleiben, mein Kind! — Diesen Brief, lieber
Max, hab' ich heute Morgen von dem guten Doctor Müller

bekommen, von meinem Arzt: mein Anastasius solle den ganzen Sommer auf dem Lande bleiben, in guter Luft, guter Pflege — am besten da, wo er jetzt sei. Was sagst du dazu? Bleibt er da? er und seine verliebte, närrische Mutter? (Marens Hand drückend) Lieber, guter Max! Du sollst also noch länger mit uns Geduld haben; ich bedauere dich von Herzen. Wenn ich mir nicht sagte, daß wir dir vielleicht dein armes Junggesellenleben verschönern —

Max (mühsam lächelnd).

Zu viel Güte, Madame!

Dalberg (für sich).

O, ich gratulire! (laut, auf das Kuhhorn deutend) Und „des Knaben Wunderhorn" — bleibt das auch hier bis ans Ende des Sommers?

Käthin (wirft ihm einen bösen Blick zu; dann zu Max).

Dem Himmel sei Dank, lieber Max, ich habe ja einen Vetter, der die alten schönen Rechte der Verwandtschaft zu ehren weiß! Und es ist hier so gemüthlich — so gemüthlich — (mit einem neuen bösen Blick auf Dalberg) unter lauter Verwandten — denn Eine Ausnahme thut ja der Regel nicht weh!

Dalberg.

Sie sind grausam genug, gnädige Frau, mich an mein altes Unglück zu erinnern. Es ist wahr: seit zehn Jahren bin ich nur dieses Menschen bester Freund, weiter nichts!

Philippine.

Laß ihn reden, liebe Cousine, alterire dich nicht. Der Herr Doctor Dalberg ist ja ein Philosoph, und die Philosophie macht menschenfeindlich.

Dalberg (sieht Philippine ungewiß an; für sich).

Ist das auch eine fremde Feder, oder nicht?

Philippine (lächelnd).

Ich habe einmal die etwas scherzhafte Bemerkung gemacht, Philosophiren sei eigentlich nichts, als eine Vorbereitung zum Tode.

Dalberg (heimlich triumphirend).

Ah! — Diese scherzhafte Bemerkung machte der alte Cicero ganz im Ernst; und Montaigne citirt sie. (Philippine von ihm hinweg.) Es ist etwas Eigenes um den alten Montaigne!

Winzer (fährt auf).

Aber was brennt mich denn?

Rosalie (ebenso).

Was kriecht mir da so heiß im Nacken herum?

Anastasius (hat mittlerweile die große Marquise zurückgezogen, sitzt nun auch am Tisch).

Was dir im Nacken kriecht? (Lacht.)

Winzer.

Ich sitze ja mitten in der Sonne! Wer, zum Teufel, hat mir die Marquise —

Dalberg.

Der Knabe mit dem Kuhhorn hat sich wieder nützlich gemacht!

Anastasius.

Ich soll nicht im Schatten sitzen; da erkälte ich mich. Soll ich im Schatten sitzen, Mutter, oder nicht —

Winzer (entrüstet).

Willst du sogleich die Güte haben, mein Freund, diese Marquise wieder herunterzulassen? (Anastasius sieht ihn trotzig an, schüttelt den Kopf.) Unerzogener Schlingel! Willst du dir wohl anderswo deine Sonne suchen? Bist du dazu auf die Welt gekommen, mir meinen Schatten zu nehmen?

Rosalie.

Nichtsnutziger Junge —

Bollstab.

Kleiner Teufel —

Käthin.

O! das ist zu viel!

Winzer.

Wenn man deine Erziehung so sehr vernachlässigt hat —

Räthin (außer sich).

Vetter Max! Vetter Max! Ich ersuche dich um Schutz gegen Beleidigungen —

Winzer.

Wenn die Hand der Mutter über dir zu schwach ist, so ersuche ich den Hausherrn, uns etwas Ordnung zu schaffen! Ich ersuche dich, Max, diesen Knaben da zu bändigen, damit dein Onkel in deinem Hause nicht zum Kinderspott wird —

Räthin.

Das ist zu viel! Ich ersuche dich, Max, dich einer mißhandelten Mutter anzunehmen —

Winzer.

Soll ich um dieses verunglückten Geschöpfes willen in der Sonne sitzen? Du wirst die Güte haben, ihm den Hausherrn zu zeigen —

Räthin.

Du wirst dieses kranke Kind vertheidigen —

Max (ganz nach vorn entweichend, für sich).

Sie machen mich toll!

Winzer (empört).

Gut! Man nimmt sich unsrer nicht an — man weiß nicht mehr, was man seinen Gästen, was man alten Verwandten schuldig ist — Philippine, Rosalie! kommt! So muß man sich auf der Terrasse einen anderen Schatten suchen — und auf Hausordnung verzichten! (Nimmt Philippinens Arm, mit ihr ab nach rechts, hinter das Haus; Zollstab und Rosalie folgen.)

Dalberg (für sich).

Hussa! — Katz' und Hund!

Räthin.

Anastasius, hinein! Wenn man keinen Schutz gegen Beleidigungen findet, so zieht man sich besser in seine vier

Wände zurück! (Mit Anastasius ab ins Haus. Dalberg setzt sich in eine Ecke und lacht.)

Spörlein (für sich).

Nun, der Tag fängt gut an! — Aber es hilft uns nichts: sie vertragen sich wieder — sie reisen nicht ab! (Geht ins Haus, mit dem Kaffeebrett.)

Siebenter Auftritt.

Max, Dalberg, Arthur; dann Spörlein.

Arthur (kommt mit Hut und Stock aus seinem Pavillon, in dessen Thür er schon eine Weile gestanden, nach vorn; schlägt Max von hinten auf die Schulter; lächelnd).

Armer Hiob der Verwandtschaft! — Wenn dich mein herz= liches Beileid etwas stärken kann — — Eine hübsche Gesell= schaft von Onkeln, Muhmen und Basen!

Max.

Ich weiß nicht mehr, wie ich bran bin: ob ich mit dem Gesicht nach vorn oder nach hinten sehe; ob ich Max Hammer oder Max Amboß heiße. Sie machen mich sinnlos. Sie machen mich stumm. Ich werd' es aufgeben, zu reden.

Arthur.

Du solltest es aufgeben, zu schweigen! — Was, bist du ein Kerl von fünf Fuß sechs Zoll, und läßt dir von diesem Volk die Luft verderben? Wenn ich der Herr dieser allerliebsten Villa wäre —

Max (hat wieder vor sich hin gesummt, bricht ab).

Was soll ich thun? Soll ich meinen leiblichen Blutsver= wandten sagen: reist nach Italien, oder nach Hause, und laßt mich allein? Haben sie nicht die Rechte der Verwandtschaft, und ich ihre Pflichten —

Arthur.

Ah bah! Spitz und Teckel sind Vettern, aber wenn der Spitz ihm zu nahe kommt, beißt der Teckel zu. Haben sie das Recht, dich zu lieben, so haben sie auch die Pflicht, liebens= würdig zu sein! Das sage ich, der ich selber dein Vetter bin —

Dalberg (für sich).

Um die Ecke, und dann wieder um die Ecke, und dann links hinterm Busch.

Max.

Was kann ich thun? — Da ist Tante Winzer, eine recht ausgesucht unerfreuliche Dame; aber mein Vater und Tante Winzer waren Schwestern — **Brüder,** will ich sagen — Die Maschine in meinem Kopf ist verdreht. — Kann ich gegen meines Vaters Schwester unfreundlich sein?

Arthur.

Gute, rührende Seele! — Bist du hier zu Hause, oder sie? Fragen sie dich, wenn sie dir wie Ameisen in alle Ritzen hineinkriechen? So frag' du sie auch nicht: räuchere sie aus, räuchere sie aus!

Dalberg (für sich).

Weise, weise, sehr weise!

Arthur.

Wenn ich du wäre, mein Junge — — Spörlein! sind Sie da? (Spörlein kommt, macht sich wieder am Frühstückstisch zu schaffen.) Was ich noch sagen wollte: haben Sie doch die Güte, Spörlein, die Bilderkiste aus meinem alten Zimmer in meinen Pavillon herüberzuschaffen.

Max.

In deinen Pavillon —?

Spörlein (mit unterdrückter Wuth).

Ja, der Herr von Wildungen —

Arthur.

Hat dir Spörlein noch nichts von dieser Metamorphose gesagt? Mensch, Vetter, ich bin sehr glücklich: ich habe gestern Abend entdeckt, daß ich in dem Pavillon da, mit dem Nordlichtfenster, aufs trefflichste malen kann, und hab' ihn mir sogleich als Atelier eingerichtet. Eine Staffelei hab' ich mir genial improvisirt —

Max (außer Fassung).

In dem Pavillon da?

Arthur (nickt).

Unten male ich, oben schlafe ich; das ganze Ding ist wie für mich geschaffen; (drückt Max die Hand) lieber Kerl, du hast mich wirklich ganz glücklich gemacht. Ich brauche dich nun vor der Hand gar nicht zu verlassen: meine Gebirgsreise leg' ich in den Herbst. Famose Studien kann ich in dieser Gegend machen wie in jeder andern; Bilder malen nirgends so gut wie hier. Kurz, wir bleiben zusammen! Ich leiste dir Gesellschaft comme il faut: Mittags und Abends sind wir lustige Brüder, Morgens sind wir fleißig, Nachts schlafen wir wie die Höhlenbären: der Tag ist unser. (schüttelt ihm beide Hände) Gott sei Dank, wir gehören ja zu einander! (sieht auf den Himmel) Aber die Sonne steigt so geschwind, wie im „Propheten". Ich will einen malerischen Entdeckungs=Spaziergang machen; — auf Wiedersehen bei Tisch! (Geht nach links ab.)

Achter Auftritt.

Max, Dalberg, (Spörlein macht hinter Arthur eine verbissen grimmige Geberde, geht mit dem Rest des Frühstücksgeschirrs hinein).

Dalberg (während Max dem Arthur stumm nachsieht, nach einer Pause für sich).

Ich denke, nun ist er reif! Nun können wir ihn vom Baum seines Mißvergnügens herunterschütteln! (laut) Max Hammer. Wenn auch nicht Vetter, doch Freund.

Max (aus seinem Hinbrüten auffahrend).

Was willst du?

Dalberg.

Großer Träumer! — Du, ich will wieder fort.

Max (starrt ihn an).

Was heißt das? — Gestern gekommen und schon wieder fort?

Dalberg.

Da mir nicht die alten heiligen Rechte der Verwandtschaft hier das Bürgerrecht geben —

Max.

Spottest du meiner noch? — Mensch, was fällt dir ein? Du, der Einzige, den ich ertragen kann, du willst wieder fort?

Dalberg.

Unter diesen bissigen Wanzen halt' ich's hier nicht aus; sie machen mir das Leben zu sauer. Es ist etwas Schönes, Wunderbares um den Instinct! Unter sich sind diese deine Hauswanzen wie Spinnen in Einer Schachtel; aber gegen mich, die eingedrungene Stechfliege, halten sie alle zusammen. Und da du nun einmal nicht ohne sie leben kannst —

Max.

Dalberg —! (nach den Pavillons blickend) Sie treiben mich aus allen Winkeln hinaus! Sie treiben mich noch aus dem Hause!

Dalberg.

Armer Max! Mit den Dissonanzen auf deinem Notenpapier wirst du besser fertig, als mit den Dissonanzen deines Lebens. So lang' ich dich kenne, bist du ein Accord, der nach Auf=lösung strebt, ein Septimen=Accord; aber der beruhigende Drei=klang bleibt aus. Du bist eine tragische Figur, Max.

Max (halb vor sich hin).

Dreiklang! — Ich wüßte wohl einen Dreiklang: Du — ich — und noch eine Dritte — und all die Andern hinaus!

Dalberg (für sich).

Sein süßes Geheimniß schwebt ihm schon auf der Unter=lippe! (laut) Nein, Max, um einmal ernsthaft von der Sache zu reden: so lang' ich dich kenne, kenn' ich dich nur als Ver=wandten. In eurem Haus gab es das ganze Jahr nichts als Blutsverwandte, Seitenverwandte, angeheirathete Verwandte, an=zuheirathende Verwandte; all' eure Familien waren wie ein Wunderknäuel übereinandergewickelt; ihr beglücktet euch gegenseitig bis zum Uebelwerden. Ob ihr zusammentaugtet oder nicht, da=nach war gar nicht die Frage: ihr wart ja verwandt. Wahl=verwandtschaft, Geistesverwandtschaft, Seelenverwandtschaft, — diese Abarten wurden bei euch von der Species Geschlechts=verwandtschaft erstickt. Das war deine Vergangenheit — das ist deine Gegenwart — das wird deine Zukunft! Du bist so ein trefflicher Kerl, Max, so eine feine Seele, und eigentlich war und bin ich doch dein einziger Freund; wie ist das gekommen?

Max.

Wie das gekommen ist?

Dalberg.

Der Mensch soll leben mit Menschen seiner Wahl: sonst gedeiht er nicht, sonst schießt er nie recht ins Kraut. Der Mißbrauch der Verwandtschaft, diese Schmarotzerpflanze, saugt ihm das Leben aus! Wie haben sie dir's gemacht? Dich wie ein ererbtes Stück Eigenthum ausgenützt von Jugend auf; sich in deinem Herzen auf alle Stühle gesetzt, ohne zu fragen, ob sie dazu eingeladen waren. Was sind dir diese Menschen? Was bedeutet dir dieser Arthur, der dein musikalisches Dasein durch seine geistlosen Pinseleien malerisch machen will? Was für Segen bringt dir Tante Winzer ins Haus, diese Literatur-Rabe, diese poetische Strauchdiebin —

Max (lächelnd).

Ich weiß, sie ist dein besonderer Liebling: denn du hast sie entlarvt!

Dalberg.

Ja, ich bin etwas stolz darauf: ich habe sie entlarvt! Dieser weibliche Lips Tullian sagt nur, was schon Jemand gesagt hat, aber als schöpfte sie's eben aus ihrem eignen Gehirn. Sie plündert alle Nationen, die man bei uns nicht liest, verarbeitet ungarische, spanische, russische Romane zu deutschen „Originalwerken", mit denen sie alte Verleger und junge Mädchen bezaubert. Erst neulich hab' ich wieder eine russische Historie entdeckt, die sie fast Blatt für Blatt in ihr geliebtes Deutsch übertragen hatte — — Und dieses Weib nennt sich deine „zweite Mutter", schwebt wie ein Geier über deiner schätzereichen Bibliothek, liegt mit ihrer ganzen Sippschaft beständig wie eine Wolke um dich her, daß du Himmel und Erde nicht zu sehen kriegst und selbst mit der Laterne keine Menschen findest!

Max (nach einer Pause).

Du irrst! — Einen hab' ich gefunden.

Dalberg (ihn von der Seite beobachtend).

Und was wäre das für ein Mensch? Jung oder alt?

Max.

Jung.

Dalberg.

Einfältig oder weise?

Max.

Keins von Beiden: voll Witz und Poesie.

Dalberg.

Männlein oder Weiblein?

Max.

Es möchte wohl eine Art Frauenzimmer sein; (lächelnd) denn ich bin sehr verliebt.

Dalberg.

Und wann und wo und wie ist dir dies Unglück begegnet?

Max.

In einem deutschen Bade, beim Brunnen.

Dalberg.

Armer Mensch! Nicht einmal ein Abenteuer, eine Novelle?

Max (liebenswürdig lächelnd).

Höchstens eine äsopische Fabel — sammt der Moral! Sie hatte einen Hof von alten und jungen Herren, die ihr schmeichelten. Ich zog es vor, ihr die Wahrheit zu sagen; — das gefiel ihr. Morgens beim Brunnentrinken ließ sie sich von mir tadeln, Mittags war sie mir gut, Abends spielte sie Komödie, Nachts träumt' ich von ihr; — und so trieben wir's Tag für Tag, bis wir uns trennten.

Dalberg.

Du willst damit sagen, daß dieses „Mädchen am Brunnen" eine Schauspielerin ist?

Max.

Ja, das will ich sagen.

Dalberg.

Talent?

Max.

Diese Frage!

Dalberg.

Freilich, wenn du sie unbändig liebst, hat sie auch unbändiges Talent.

Max.

Sie ist noch unbekannt. Sie hat Genialität —

Dalberg.

Ich zweifle nicht.

Max.

Sie ist — (lächelnd) sie ist in Allem mein Gegensatz — und darum so reizend.

Dalberg.

Bescheidener junger Mann!

Max.

Voll Lebenslust, feurig, muthwillig, zu allen tollen Streichen aufgelegt — aber ehrbar und gut. Sie wird sich eines Tages einen Namen machen, mein Freund! Jetzt lebt sie noch in der dunklen Ecke, spielt an so einer kleinen, nichtswürdigen Bühne — will in andre Luft, sehnt sich fort. (singt halblaut vor sich hin) „Nur wer die Sehnsucht kennt" —

Dalberg.

Sehnt sich an dein musikalisches Herz.

Max (elegisch).

O nein! (zögernd) Sie hat mich gern — aber sie will mich nicht.

Dalberg.

Will dich nicht? Was ist ihr denn zu klein: dein Herz, deine Villa, oder dein musikalisches Genie?

Max (schaut vor sich hin).

Ich war fortgegangen, hierher; hatte mein Herz geprüft, ein, zwei Monate lang; endlich hielt ich's nicht mehr aus und schrieb ihr einen Brief. Zu deutsch: ich wollte sie heirathen.

Dalberg.

Und sie antwortete dir —

Max.

Ihre Antwort war so hold, so gut, (bescheiden) so voll Herz für mich! Aber sie schrieb mir — (Stockt.)

Dalberg.

Sie schrieb dir —

Max (lächelnd).

Die Partie sei zu ungleich: sie habe gar keine Verwandte, ich eine Armee. Und sie wisse sehr gut — (Stockt.)

Dalberg.

Und sie wisse sehr gut —

Max.

Daß ich aus falschem Edelmuth in eine falsche Stellung gerathen sei — unter die Tyrannei meiner lieben Ver=wandten —

Dalberg.

Hört, hört!

Max.

Und einen Mann, der selber Tyrannen über sich habe, werde sie nie zu ihrem Tyrannen erwählen; und so lange ich ihr nicht melden könne, daß ich frei geworden —

Dalberg.

Hm! — Und welcher hinterlistige, nichtswürdige Schurke hat deiner Helene verrathen, wie es hier bei dir steht?

Max.

Meiner Helene? — Woher weißt du den Namen?

Dalberg (lächelnd).

Woher ich den Namen weiß? — Ich habe sie vertrauensvoll danach gefragt, und sie hat ihn offenherzig ausgesprochen.

Max.

Du kennst sie?

Dalberg.

Wie er mich anstarrt. — Ja; ich kann's nicht leugnen. Während du hier dein Herz prüftest, lernte ich sie kennen. Das ist ein Mädchen, Max! — Ich bin kein Eva-Anbeter, ich habe nicht so viel Sinn für das „ewig Weibliche", wie der alte Göthe; aber dieser übermüthigen, bescheidenen, ausgelassenen, jungfräulich zarten Helene bin ich gut. (lächelnd) Und sie ist sehr verliebt! Sie wäre dir auf deinen Brief gleich an den Hals gesprungen, wenn ich sie nicht gewarnt hätte —

Max.

Du? — Was hast du gethan?

Dalberg.

Sie zeigte mir deinen Brief und war sehr gerührt! Darauf setzte ich mich — verzeih mir, Max — darauf setzte ich mich auf einen Stuhl vor sie hin, und zeichnete ihr dein ganzes Dasein wie auf einem Carton. Ich schilderte ihr deine lieben Verwandten; Mann für Mann. Ich sagte ihr: Helene, Sie sind ein Engel, daran zweifle ich nicht; aber wenn Sie in dieses Haus hinein heirathen, so wie es ist, so gerathen Sie in die Hölle, und der gute Teufel, der Max, verfehlt sein Paradies.

Max.

Der gute Teufel dankt dir! — Wenn man fragen darf —

Dalberg.

Warum ich das gethan? (ernsthaft) Max, ereifre dich nicht. Du weißt, ich habe dich lieb. Ich spiele so ein wenig den Mephisto in dieser Welt — aber von ganzem Herzen bin ich dein Freund. Warum ich das gethan? Weil es so nicht bleiben darf — so, wie es hier steht. Weil etwas geschehen muß — muß, nothwendig muß — und wär's auch eine Intrigue! Kurz, weil — weil ich mit deiner Helene ein Komplott geschmiedet habe, von dem deine Seele nichts ahnt — und heut oder morgen kommt sie her.

Max.

Wer? Sie? Helene? Hierher? — Mann, bist du bei Sinnen?

Dalberg.

Nein, sondern zum ersten Mal in meinem Leben genial; — mein Gedanke ist gut. Mein Gedanke ist: dieses Verwandten-Dickicht läßt sich nur durch Verwandte durchbrechen! Unter diesem Rechtstitel kann man ja Alles auf Erden! Und so kommt sie, mit den Photographien sämmtlicher Verwandten ausgerüstet, in aller Schrecklichkeit eines Familien-Insekts —

Max.

Mensch, ich verstehe dich nicht! Was, was ist euer Plan — (Posthorn hinter der Scene.)

Dalberg.

Ein verstimmtes Horn? — Eine Extrapost von der Bahn her? Könnte sie das schon sein —

Max.

Sie kommt — mein Gott —

Dalberg (sieht nach links hinaus).

Eine Extrapost hält am Gitter; — doch der alte Mann, der da eben aussteigt, scheint mir nicht die junge Helene zu sein!

Neunter Auftritt.

Dalberg, Max, Winzer, Philippine, Rosalie, Zollstab, die Hofräthin, Anastasius, Spörlein, zwei Dienstmädchen; dann Arthur, Onkel Holland, Christinchen.

Rosalie (eilt von rechts herbei, hinter ihr Zollstab, Winzer, Philippine).

Gott sei Dank, man bekommt einmal etwas Neues zu sehn! Was giebt's, Mäxchen, was giebt's?

Räthin (kommt mit Anastasius aus dem Hause, hinter ihr Spörlein und zwei Dienstmädchen, die nach links über die Bühne eilen).

Erwarten wir neue Gäste? Davon weiß man ja nichts — — Ah! Onkel Holland, so wahr ich lebe!

Rosalie.

Unser alter Onkel Holland — wahrhaftig!

Max (betroffen).

Onkel Holland? Wo kommt Der her?

Arthur (mit Holland und Christinchen von links; Spörlein und die Dienstmädchen folgen mit Gepäck, tragen es ins Haus).

Ja, hier bring' ich euch Onkel Holland, den Unerwarteten, den Niegedachten! Draußen am Wald entdeckt' ich seine Kutsche, stieg mit ein. (für sich) Morgen pump' ich ihn an!

Holland (die Augenbrauen hochziehend, etwas aufgebracht).

Guten Tag! — Lauter erstaunte Gesichter, daß ich komme! (zu Max) Du hast doch wohl meinen Brief erhalten, denk' ich —

Max.

Was für einen Brief?

Holland.

Worin ich mich anmelde, mich und mein Christinchen —

Max (greift verwirrt in die Tasche).

Ja so! Diesen Brief. Den mir Spörlein vorhin gab — In meiner verwünschten Zerstreuung hab' ich ihn vergessen.

Holland (empört).

Noch nicht gelesen?

Max.

Nein. (für sich) Ueber dem Gespräch mit Dalberg — —
(laut) Verzeih, lieber Onkel; ich bin oft sinnlos zerstreut.

Holland.

Ja, das weiß der Himmel! — Mach' ich mich auf, mitten in der Erndte, meinen jungen Herrn Neffen zu besuchen, weil er auf all meine Einladungen nicht kommt und nicht kommt — und nun liest er nicht einmal seines Onkels Brief! Und dieses Christinchen da —

Christinchen.

Christinchen verzeiht dir das nie, Vetter; darauf sei nur gefaßt!

Dalberg (für sich).

Unglücklicher junger Mann!

Holland.

Undankbarer Mensch! Ich, Onkel Holland, vernachlässige meine Pflichten, lasse meine drei Güter im Stich — die Reise kann mich leicht zehntausend Thaler kosten — (sich besänftigend) Nun, wir haben sie ja. Gott sei Dank, Max, es geht mir gut! Ich bin jetzt doppelt so „schwer", als vor sieben Jahren; und wenn ich einmal die Augen zumache, braucht das Kind da nicht barfuß betteln zu gehn!

Philippine (empfindlich, überlegen).

Der gute Onkel Holland! — Mein Lieber, der Reichthum hebt die Nöthe des Lebens nicht auf: er vertauscht sie nur.

Dalberg (von der andern Seite her).

Wie Epikur sagt und Montaigne citirt!

Philippine (sich abwendend, für sich).

Unerträglicher Mensch!

Christinchen (mit gemachter Bescheidenheit).

O liebe Tante, ich bin auch gar nicht hochmüthig.

Dalberg (für sich).

Das liebe Veilchen!

Chriſtinchen.

Aber die Couſine aus Auſtralien — iſt das eine hoch=
müthige, eingebildete Dame!

Dalberg (horcht auf, ſtößt Max an).

Chriſtinchen.

Hübſch, o ja; aber ſo unangenehm — ſo unangenehm —

Winzer.

Was für eine Couſine aus Auſtralien?

Chriſtinchen.

Und der Hut, den ſie trägt — ſo auffallend, ſo kokett —

Holland.

Ja, ſo ein affenſchwänziger, unmöglicher Hut!

Roſalie.

Was für ein Hut? Was für eine Couſine?

Holland.

Nun, die auch hierher kommt; ſie iſt die letzte Strecke mit
uns auf der Bahn gefahren! So 'ne reiche Wittwe aus Mel=
bourne; ſpricht von ihrem Gelde, daß Einem ganz eklig zu
Muth wird: das Großthun, das Dickethun kann ich nun gar
nicht leiden. Und dann biet' ich der Perſon —

Chriſtinchen.

Dann bietet Papa der Perſon einen Platz in unſrer Ex=
trapoſt an —

Holland.

Der Verwandtſchaft zu Liebe —

Chriſtinchen.

Aber ſie ſchlägt es höchſt großartig aus! Und in ihrer
Impertinenz —

Holland.

Beſtellt ſie ſich eine eigene Extrapoſt mit vier Pferden,
und ſo kutſchirt ſie mir nach! Holt mich ein, läßt dann wieder
halten; holt mich dann wieder ein — und grade wie wenn ſie
mich zum Narren hätte — (Poſthorn.)

Anastasius.

Hoho!

Max (aufgeregt, leise).

Das ist sie? (Dalberg nickt.)

Holland.

Das ist die Cousine aus Melbourne! (Spörlein und die Dienstmädchen eilen wieder nach links über die Bühne.) Nun werdet ihr ja das Wunderthier selber sehn —

Winzer.

Aber in des Teufels Namen, was für eine Cousine?

Holland.

Hatte den Vetter Rudolf Hammer geheirathet — der nach Australien ausgewandert und glücklich verschollen war; ist jetzt seine Wittwe —

Zollstab (zu Max).

Weißt denn du von ihr, Vetter? Weißt du, daß sie kommt?

Max (sich fassend).

Ich? — O ja. Sie hatte mir's geschrieben — heute Morgen — heute Morgen bekam ich den Brief.

Holland (beleidigt).

Heute Morgen — so! Ihren Brief hast du gelesen — und vom Onkel Holland weißt du nichts!

Zehnter Auftritt.

Die Vorigen, Helene und ihre Zofe.

Helene (von links, mit ihrer bepackten Zofe; Spörlein und die Mädchen mit zahllosem kleinen Gepäck hinterdrein; sie selbst in reicher, auffallender Toilette).

Ich bitte sehr, mein Freund, zerdrücken Sie nicht diese Schachteln; fassen Sie ein wenig zierlicher an. — Ah, die ganze Gesellschaft. Ich begrüße Sie! (Betrachtet sie durch ihr Lorgnon.)

Max (sich ihr nähernd, etwas verwirrt).

Meine werthe Cousine — (leise) Helene! Sie! — Ich erkenne Sie kaum!

Helene (leise, mit herzlichem Lächeln).

Bester Freund, schelten Sie diesmal nicht; verzeihen Sie, was ich thue! (laut) Ich hoffe, ich bin Ihnen willkommen! — Wenigstens weiß ich, daß ich hier unter lauter Verwandten, lauter lieben Angehörigen bin; — das giebt mir ein trauliches, heimathliches Gefühl. (nach ihrer Stirn greifend) Aber mein Kopf, mein Kopf! Diese Fahrt hierher — — Ich bin sehr zu beklagen, lieber Vetter, mit meiner schwachen Gesundheit; Alles greift mich an. Wenn ich mich hier bei Ihnen wohl fühlen soll — und das soll ich ja — so brauch' ich ein paar recht idyllische Gartenzimmer; (sieht sich um; zur Zofe) ah! laß meine Sachen dort in den Pavillon hineintragen — Er ist doch nicht besetzt?

Arthur.

Allerdings, allerdings. Dort hab' ich mein Atelier.

Helene.

Sie? — O, das ist mir lieb. So darf ich ja auf Ihre Galanterie rechnen: einer Dame (betonend) und einer Cousine schlagen Sie's nicht ab! Nicht wahr, Sie opfern mir diesen Pavillon, mein lieber Cousin; und ich nehme es dankbar an. (drückt ihm die Hand) Von Herzen dankbar! — Emilie, schaffe meine Sachen hinein; der Herr Vetter ist so freundlich, ihn mir abzutreten.

Arthur (für sich).

Eine unglaubliche Zumuthung! — Teufel auch —

Helene (sieht ihn an).

Mein lieber Cousin —

Arthur (mit verbissener Wuth).

Ich gehe! Ich mache Ihnen Platz — mit Vergnügen!
(Oeffnet den Pavillon; Spörlein, die Zofe, die Mädchen ihm nach und hinein.)

Dalberg (für sich, vergnügt).

Das Mädel spielt mit Talent!

Helene (zu Max).

Was ich ferner sagen wollte, mein lieber Vetter: da mein Arzt wünscht, daß ich täglich ein warmes Bad nehme —

Philippine (tritt vor, etwas gereizt).

Ich bedaure sehr, meine werthe Cousine: das Badezimmer ist noch nicht eingerichtet.

Helene.

Noch nicht? — Ah, das thut mir Leid! — Dann müssen wir eins improvisiren, eins der Zimmer im Erdgeschoß dazu herrichten; (zu Max) überlassen Sie nur Alles mir, mein theurer Cousin, ich richte es ein. Nach Ihrer deutschen Hausordnung werd' ich leider nicht leben können; ich bin so leidend, mein Gott! Kaffee oder Thee als Frühstück wäre mein Tod; man muß mir ein englisches Beafsteak braten lassen — und guten Bordeaux-Wein dazu — oder man bringt mich um. Dann um zwölf Uhr ein zweites Frühstück —

Max (ganz verwirrt).

Alles, wie Sie befehlen! (für sich) Ist das wirklich meine Helene, oder nicht?

Philippine (für sich).

Was bescheert uns der Himmel da für ein australisches Gewächs? Mußte ein Hammer das heirathen?

Helene (hat Hut und Ueberwurf abgelegt).

Um auf das zweite Frühstück zurückzukommen —

Max.

Ich höre.

Winzer (neugierig vortretend).

Ich auch.

Helene.

Weil ich zur Abmagerung neige — (auf Winzer deutend) umgekehrt wie dieser Onkel Eisen da —

Winzer.

Silen? Ich ein Silen?

Helene.

So hat man mir vorgeschrieben, vorzugsweise von fett=
bildenden Delikatessen zu leben: (lächelnd) darauf bereit' ich Sie
vor. Mein zweites Frühstück pflege ich mit allerlei Nieblich=
keiten zu garniren: mit Sardinen in Oel, Gänseleberpastete,
Kaviar —

Käthin (für sich).

Unaussprechliche — Naivität!

Winzer (halblaut).

Nun, Die weiß zu leben!

Helene.

Ich thue, was die Natur von mir verlangt, lieber Onkel
Winzer! Hätt' ich Ihre Gestalt, so würd' ich in meinem Leben
keine Gänseleber mehr anrühren.

Winzer.

Meine Gestalt? — Nun, was sieht man etwa an meiner
Gestalt?

Helene.

An Ihrer Gestalt? Lieber Onkel — — Da wir ja Ver=
wandte sind, also gemüthlich und offenherzig mit einander reden
können —

Winzer.

Nun, was?

Helene.

Ich als die Wittwe eines Arztes, der in ganz Neuholland
berühmt war — (zu Holland gewandt) den seine großen Kuren reich
gemacht hatten —

Holland (für sich brummend).

Prahle du und der Teufel!

Helene.

Ich sage Ihnen, lieber Onkel, was mein seliger Mann Ihnen gesagt hätte: Sie leben offenbar, wie wenn Sie sich tödten wollten; und Sie werden sich tödten.

Winzer.

Ich? mich tödten?

Helene.

Weil Sie ein Genußmensch sind; das sieht man Ihnen ja an. Weil Sie, als unser lieber Onkel Silen, nichts genießen, als was Sie noch silenischer macht —

Winzer.

Ich! ein harmloser, leidenschaftsloser Diogenes — ich, „der Mensch ohne Bedürfnisse" —

Helene.

Dem widerspricht Ihre Gestalt, mein lieber Onkel — mit sehr vorlauter Stimme! Der Bau Ihrer Lippen, dieser Zug um die Augen —

Winzer.

Was, was für ein Zug!

Dalberg (vertretend).

Es ist wahr, diesen Zug hab' ich schon selber bemerkt.

Helene.

Dieser Zug, der mir sagt, und auf den ich schwöre, daß Sie unfähig sind, sich Ihre fetten Genüsse zu versagen; daß Sie mit all Ihrer Philosophie nicht im Stande sind, mein lieber Onkel, auch nur vierzehn Tage so zu leben, wie Diogenes lebte.

Dalberg.

Nein, das sind Sie nicht.

Winzer (sich immer mehr ereifernd).

Ich, ich nicht im Stande —

Philippine (mit zornigen Blicken auf Helene).

Du wirst dich doch nicht im Ernst vertheidigen — gegen diese Art —

Winzer.

Ich, ich nicht im Stande?

Max (vortretend).

Nein, nein.

Helene.

Nein, nein, nein! Jede Wette; jede! Wenn Sie auch nur vierzehn Tage so leben — nicht wie Diogenes, sondern nur wie Ihre Constitution es von Ihnen verlangt —

Winzer.

Was verlangt meine Constitution?

Dalberg.

Die Banting-Kur.

Helene.

Die Banting-Kur: ja, Sie haben Recht! Diese einfache, gesunde, lebenrettende Kur: nur von Fleisch zu leben, ohne Fett, ohne Mehl, ohne Süßigkeiten —

Winzer.

Nun ja, diese Kur —

Helene.

Wenn Sie diese Kur vierzehn Tage durchführen, mein Herr Onkel, in ihrer ganzen Strenge, ohne den geringsten Verstoß, — so erkläre ich Sie beschämt für einen wahren Philosophen, und lege fünfhundert Thaler hier auf diesen Tisch.

Winzer.

Fünfhundert Thaler — für mich?

Helene.

Gewiß; oder Sie für mich, wenn Sie die Wette verlieren!

Dalberg (für sich).

Fünfhundert Thaler zahlen — das ist mehr, als er kann!

Rosalie (mit unterdrückter Gereiztheit gegen Helene).

Du wirst dich doch nicht auf diese — Narrheit einlassen, Papa —

Winzer.

Still! Wenn man mir so an die Ehre greift —

Helene.

Sie sind zu fett, zu entnervt, Sie können es nicht!

Winzer.

Sie sind sehr — kühn, das zu sagen! Ich bitte, halten Sie Ihre fünfhundert Thaler bereit: ich nehme die Herausforderung an!

Zollstab.

Schwiegervater —

Winzer.

Still! (sieht nach seiner Uhr, hält sie Helenen hin) Von dieser Sekunde beginnt unser Duell! Ich will Ihnen zeigen, junge Frau, was ein Mann, auch von meinen Jahren und — meiner Gestalt, vermag!

Dalberg (für sich).

Seht: Silen en rage!

Helene (nimmt Winzer's Hand).

Abgemacht; alle Diese sind Zeugen!

Philippine (tritt vor).

In der That, ich muß sagen: eine eigene Art, sich unter uns einzuführen —

Helene (ohne auf Philippine zu achten, lächelnd).

Geben wir Ihnen sogleich Gelegenheit, werther Onkel, Ihre Philosophie zu bewähren! Die Reise hat mich hungrig gemacht; (zu Max) wenn es Ihnen Recht ist, mein lieber Cousin, so frühstücken wir ein wenig mit Messer und Gabel — hier auf diesem Platz. Die Sonne hat sich versteckt, die Wolken brennen uns nicht. (zu Spörlein, der mit Arthur und den Dienstmädchen wieder hervorgetreten ist) Bitte, mein Lieber: den langen Tisch da in die Mitte, hierher! — Seien Sie galant, Vetter: heißen Sie die heimgekehrte Australierin mit allem Guten willkommen, was eine gute deutsche Speisekammer aufzuweisen vermag.

Spörlein (für sich).

Nun, die versteht's noch besser als Tante Winzer! (sieht Max fragend an) Gnädiger Herr —

Max (halblaut).

Gehorchen Sie! (laut) Ich gehe; ich sorge selbst! (Winkt einem der Mädchen, eilt ins Haus; das Mädchen ihm nach.)

Helene (während Spörlein und das andere Mädchen den Tisch in die Mitte tragen).

So; gut — schon gut! Jetzt Gedecke, Gedecke; die ganze werthe Gesellschaft, denke ich, frühstückt mit mir!

Philippine (für sich).

Länger halt' ich mich nicht! (laut) In der That, ich muß sagen —

Helene.

Was müssen Sie sagen?

Philippine (ausbrechend).

So einen — so einen naiven Mißbrauch der Verwandtschaftsrechte, meine werthe Cousine, hab' ich noch niemals erlebt!

Helene (sieht sie wie verwundert an).

Sie ereifern sich, meine Beste? Gegen wen, über was? Ist meine Art hier in Deutschland so fremd? Mein Gott, ich gebe mich, wie ich bin. Ich bin eine einfache, praktische Frau, die ihren lieben Vetter ohne falsches Zartgefühl zu Allem benützt, wozu er ihr nützen kann; (sieht sie alle der Reihe nach an) und ich denke, so sind wir ja wohl alle. (Pause; Alles schweigt.) Und so lade ich Sie denn ein, mir bei diesem Frühstück zu helfen!

Holland (für sich).

Ich wollte, ich hätte mehr Courage und brächte sie um!

Max (kommt zurück, ein Cabaret mit kalten Speisen auf dem Arm; Spörlein und die Dienstmädchen folgen mit Gedecken, Schüsseln, Tellern u. s. w., ordnen die Tafel). Sie erlauben, Cousine Helene, daß ich Sie selber bediene. (für sich) O sie ist reizend abscheulich!

Helene.

Ich erlaube! (zu den Dienstboten) Hurtig, hurtig, hurtig; ich liebe Alles geschwind: Eins, zwei, drei! (zu Dalberg) Machen Sie sich doch auch ein wenig nützlich, mein Herr; (scheinbar harmlos lächelnd) Bewegung thut Ihnen gut!

Dalberg (für sich).

Wie Das spielen und heucheln kann — O Weiber! — — Ich laufe! (Ab ins Haus; die Dienstboten stürzen ihm nach.)

Helene.

Doch ich finde, im Stehen kann man nicht sitzen. (sich zu Arthur und Anastasius wendend) Die jungen Herren werden so gütig sein, unsern Tisch mit Stühlen zu garniren. (Die Beiden rühren sich nicht. Sie sieht ihnen fest ins Gesicht.) Nun, meine lieben Herren, sind Sie Baumwurzeln, können Sie nicht vom Fleck?

Arthur (brummend, mit eingeschüchterter Wuth).

O ja —!

Anastasius (ebenso).

O ja! (Schleppt mit Arthur die Stühle heran.)

Helene.

Bitte, zwei hierher: für Onkel Winzer und mich! Sie sitzen neben mir, Onkel Silen, ich überwache Sie; ich lege Ihnen vor. (Dalberg, Max, die Dienstboten kommen zurück, bedecken den Tisch mit gefüllten Schüsseln und Weinflaschen. Sie setzt sich.) So gefällt es mir; so ist es gut. Sehen Sie, Onkel Silen, Onkel Philosoph: diese lachenden Schüsseln, diese fettglänzenden Herrlichkeiten der Welt!

Winzer (stammelnd).

Das ist ein trauriger Anblick; ich liebe die Schaugerichte nicht —

Helene.

Alles sehen, nichts anrühren, das ist Ihre Parole! Hier haben Sie ein Gläschen Rothwein, hier Ihr trockenes Fleisch; Ihre Tugend nehmen Sie als Sauce dazu. Ah, ich sehe die kleine Blechbüchse, die kleine verlockende Büchse. (holt daraus eine Sardine hervor) Es lebe die Sardine in Oel!

Winzer (zornig).

Essen Sie die Sardine, wenn Sie müssen, aber schwärmen Sie nicht!

Helene (trinkt).

Vetter, Ihr Malaga ist feurig, ist gut; — setzen Sie sich an meine grüne Seite, thun Sie mir Bescheid! Das ist der erste schöne Morgen, den ich in Deutschland genieße; doch bei Gott, ich genieß' ihn auch ganz. Ich sehe ja lauter freundliche, fröhliche Gesichter um mich her —

Dalberg (für sich).

Sie kann mehr sehn als ich!

Helene.

Füllen Sie Ihre Gläser, meine Herren; und die der Damen dazu; — ich bin eine Frau, die Alles sagen muß, was sie denkt — also muß ich reden. Wir sitzen hier so drollig beisammen! Wir alle, die wir hier sitzen, sind so eine Art von Schmarotzerpflänzchen —

Philippine (die mit Rosalie nicht am Tisch, sondern abseits Platz genommen, steht auf; halblaut).

Das ist zu viel!

Helene.

Wir sitzen dem guten Vetter Max harmlos vergnügt auf er Haut, leben von seiner Zeit, genießen das Dasein bei ihm, hne ihn viel zu fragen —

Winzer (steht auf, die Hofräthin desgleichen; für sich).

Sie ist wahnsinnig! ist toll!

Helene.

Und das alles thun wir unter der goldenen Firma der erwandtschaft, dieses „Fundaments der menschlichen Gesellschaft"; und die gute menschliche Gesellschaft giebt uns Recht! Es lebe diese gemüthliche, geheiligte, praktische Existenz; es lebe die Verwandtschaft! (Stößt mit Max an, der ihr verwirrt ins Gesicht starrt. Dalberg nimmt das Kuhhorn, bläst hinein.)

       Käthin (außer sich).

Anastasius, steh auf!

       Philippine (für sich).

 Ich schaffe sie nach Australien zurück, oder ich sterbe! (laut) Meine Nerven! (Sinkt wie ohnmächtig zurück.)

       Rosalie.

Mama! — Hülfe, Hülfe!

     (Der Vorhang fällt.)

Zweiter Aufzug.

Gemeinschaftlicher Salon, mit Klavier, Chaise longue, Rollstuhl, Sesseln; Tische rechts und links, auf dem einen Schreibzeug und Papier. Hinten Glasthür mit Blick in den Garten; je zwei Thüren rechts und links.

Erster Auftritt.

Anastasius, dann **Arthur, Holland, Christinchen.**

Anastasius (kommt von hinten mit seinem Kuhhorn; sieht nach seiner Uhr).

Genau die Stunde, wo Tante Helenens Nachmittags= schläfchen heute anfangen soll: jetzt wird gekegelt! (Geht blasend an die Thüren vorne links und rechts.) Arthur! — Onkel Holland! Chri= stinchen!

Arthur (von links).

Was giebt's?

Holland (mit Christinchen von rechts).

Bläst der Schlingel schon wieder?

Anastasius.

Nur um Tante Helene zu ärgern; sonst fiele mir's ja gar nicht mehr ein! Weil's ihre „Nerven" nicht aushalten —

Holland.

Das ist ein guter Zweck: (giebt ihm ein Geldstück) dafür hast du 'nen Sechser. Ich wollte, diese Tante Helene hätte zehnmal so viel Nerven als ein normaler Mensch, und ich könnte den ganzen Tag zehn Kuhhirten blasen lassen!

Ein Kampf ums Dasein.

Chriſtinchen.
Ja, das thäte uns wohl!

Arthur (ſieht nach ſeiner Uhr).
Aber was willſt du, Junge? Es iſt ja noch eine Stunde früher als ſonſt.

Anaſtaſius.
Denkſt du, ich habe nicht meine eigene Uhr? (zeigt ſie) Oho! — Aber ich habe heute Morgen belauſcht —

Holland.
Was haſt du ſchon wieder belauſcht, du Wieſel du?

Anaſtaſius.
Wie Tante Helene im Garten zu Spörlein ſagte: „Spörlein, ich will von jetzt an eine Stunde früher zu Mittag eſſen, damit ich dann ſchlafen kann, eh mich das unerträgliche Kegeln hinter meinem Pavillon aufſtört." (lacht) Das nützt dir nichts, Tante Helene! Wir kegeln nun einfach eine Stunde früher als ſonſt!

Holland (behaglich lachend).
Du infamer Hallunke!

Arthur.
Alſo gehn wir; morden wir, wie Macbeth, ihren Schlaf. Wir wollen ſehn, wer es länger aushält: wir oder ſie!

Anaſtaſius.
Vorwärts — marſch! (Geht blaſend voran; Alle nach hinten ab.)

Zweiter Auftritt.

Philippine, die Hofräthin, Roſalie, Zollſtab; ſpäter Dalberg und Max.

Philippine (von rechts durch die hintere Thür, die Andern ihr nach).
Und was ich noch ſagen wollte —

Räthin (um ſich blickend).
Wir ſind hier doch allein?

Rosalie.

Ganz allein.

Philippine.

Sie ist zäh, diese Australierin; doch das konnte man denken. Schon acht Tage dauert unser Krieg, Alle gegen Einen; und noch immer kein Rückzug!

Zollstab.

Beißt sie fort, beißt sie fort!

Rosalie.

Ich habe mir vorgenommen, nur noch stumm zu lächeln, wenn sie mich anredet.

Philippine.

Wozu hilft dir das? Lächeln kann sie auch. (erbittert) O, wie sie lächeln kann! Wie ein Aal — wie eine Katze — — wenn die lächeln könnten.

Käthin.

Setzen wir uns jetzt unter ihr Fenster und singen ein Quartett.

Philippine.

Ach, ich bin so mittagsschläfrig, so müde; — aber dennoch: ich singe. (Max, und hinter ihm Dalberg, öffnen hinten links die zweite Thür; treten wieder zurück, die Thür offen lassend.) Kinder, ihr habt's geschworen: wir bleiben hier, weichen nicht vom Fleck, bis dieses furchtbare Geschöpf zu Kreuze kriecht — und mit Extrapost, wie sie gekommen ist, zum Parkthor hinaus!

Rosalie.

In den Garten also —

Käthin.

Vor ihren Pavillon!

Philippine (in stiller Wuth).

Ich will singen, singen — — Mein Mann sagt mir nach, ich könnte durch meinen Gesang Ratten und Mäuse tödten; — jut, ich will singen!

4*

Käthln.

Kinder, unsre vier Stimmen sind einander werth; auf zum Quartett! (Alle nach hinten ab.)

Dritter Auftritt.
Dalberg, Max, später Helene.

Max (kommt leise wieder hervor; Dalberg hinter ihm).

Nun? Hast du's gehört?

Dalberg.

Ja, ich hab's gehört.

Max.

Daß sie hier bleiben werden, bis sie Helene davonjagen? — O, ihr habt eine herrliche Verschwörung gemacht! Alles geht vortrefflich! Statt daß euch gelänge, sie zu überbieten, sie hinwegzuärgern, bleiben sie vor Aerger hier, hetzen Helene zu Tode, machen mich toll — und du, du allein bist an alle= dem schuld!

Dalberg.

Kind, erhitze dich nicht. Mich machen sie noch nicht toll; ist dein Latein schon zu Ende, fängt mein Griechisch erst an! Nur Gedulb, Gedulb —

Max.

Wuth, Haß, Bosheit, Quälerei ohne Ende — und dabei noch Gedulb!

Dalberg.

Stille doch, junger Mensch — Wer kommt?

Max.

Helene!

Helene (tritt von hinten ein, blaß, aufgeregt).

Ja, ich bin's. (Geht nach vorn, setzt sich auf einen Stuhl.) Ich halt' es nicht länger aus!

Max.

Was ist Ihnen, Helene?

Nur Ruhe!

Dalberg (Max am Arm haltend).

Helene.

Was mir ist? — Sie martern mich zu Tode. Mit ihren Nadelstichen, mit ihren tausend Liliputer-Pfeilen machen sie mich todt. Ich habe genug. Ich gehe.

Dalberg (Max beruhigend).

Still! — Was ist Ihnen geschehn?

Helene.

Ich wollte eben einschlafen — sterbensmatt wie ich war — da poltern wieder die Kegel übereinander. Ich versuche dennoch einzunicken, aber umsonst: das Rollen, das Bauzen, das Lachen, das Aufschreien — eine furchtbare Musik! Ich springe auf, fahre ans Fenster, rufe in meiner Erbitterung hinunter: ob sie denn zu jeder Stunde des Tages kegeln müßten? Da ruft der Onkel Holland herauf: ob ich denn zu jeder Stunde des Tages schlafen müsse? Und sie lachen und lachen — — Und dann beginnt auf einmal unter mir ein ganz unglaublicher, sechsunddreißigstimmiger Gesang — (springt auf) Und so geht es den ganzen Tag, schon acht Tage lang; ich halt's nicht mehr aus!

Max.

Helene —

Dalberg.

Still!

Helene.

Die Erfindungskraft dieser Menschen ist unerschöpflich, unendlich! Ich kann die Katzen nicht leiden: man schließt einen schwarzen Kater Abends in meinem Schlafzimmer ein; Morgens find' ich ihn auf meinem Bett. Man stellt mir Blumen in alle Winkel, versteckt, daß ich sie nicht sehe; Morgens wach' ich mit Kopfschmerzen aus häßlichen Träumen auf. Oder man schreckt mich aus dem süßesten Morgenschlaf durch abscheuliche Musik; man reizt mich durch spöttisches Flüstern — durch boshafte Bemerkungen — durch Ignoriren oder ironische Freundlichkeit —

Max.

Höllisches Gesindel!

Helene.

Auf der Wasserfahrt gestern weiß man's so zu machen, daß ich beim Aussteigen hineinfallen muß — und dieses heuchlerische Bedauern, dieses heimliche Lachen — — Es geht über meine Kräfte! Ich will fort; ich muß fort!

Max.

Helene! Beste Helene! machen Sie mich nicht unglücklich!

Helene.

Es war eine sinnlose Thorheit, daß ich kam — daß ich durch diesen Mephisto da mich beschwatzen ließ — daß meine eigene kindische Freude an tollen Streichen — — Was thu' ich hier; was ist dies für eine Existenz? Gehör' ich hierher? Hab' ich nicht das ganze Jahr Zeit genug, Comödie zu spielen — wozu spiel' ich auch h i e r? Ich in Ihrem Hause? Und wenn ich mir sage, daß Sie, Sie — daß Sie am Ende gar noch Uebles von mir denken — daß Sie mich verachten!

Max.

Helene! sind Sie von Sinnen?

Dalberg.

Nur zu, nur zu! Der Topf muß überlaufen, sonst springt er. Nur zu, sieden Sie weiter!

Helene.

Sie Teufel!

Dalberg.

Sie Engel!

Max.

Beste, beste Helene, hören Sie mich an! Wenn Sie mich nicht auch hassen wie meine Sippschaft da draußen; wenn Sie mir noch ein wenig gut sind, Helene —

Helene (weich).

Ach mein Gott — Sie sind so ein guter Mensch!

Max.

Wenigstens ein Mensch, der Sie liebt! Der sein Herz —

Helene.

Still; Sie brechen Ihr Wort! Sie vergessen die Abrede, daß Sie mir nichts — Verliebtes sagen sollten, so lang' ich hier in Ihrem Hause bin —

Max.

Ich vergaß; verzeihn Sie! Ich wollte nur sagen, Helene, — daß ich hier freilich viel zu leiden habe: (elegisch lächelnd) Sie sind gegen meine Tanten und Vettern oft so hinreißend unausstehlich, so ächt, daß ich selbst an Ihnen irre werde! so unübertrefflich abscheulich —

Helene (durch ihre Thränen lachend).

Wirklich! bin ich das!

Dalberg.

Die Anerkennung gefällt ihr.

Max.

Ja, Sie können unnachahmlich nichtswürdig sein; — doch dann erhasch' ich wieder irgend einen lieblichen Blick, eine holde Geberde, und mein Glaube an Sie steht wieder felsenfest. Helene — Sie ertragen's nicht länger — ich noch weniger! Sie leiden sehn, ist mein Tod! Ich zerhaue den Knoten, werfe all diesen Verwandten meine offene Feindschaft ins Gesicht — weise ihnen die Thür!

Dalberg.

Hol' mich der Teufel, Max, du gefällst mir; diese Flamme der Liebe steht dir gut. Nur ist sie unpraktisch — wie so manche Flamme. So, so geht es nicht!

Max.

Warum geht es so nicht? Meine Geduld ist aus! Wer dieses Mädchen kränkt, der ist nicht mehr Blut von meinem Blut!

Dalberg.

Sehr wahr, sehr wahr; — doch muß man zum Faustrecht greifen, haben wir keinen Geist mehr? Ist unser Verstand bankerott? So lange ich einen Knoten noch zerdenken kann, dulde ich kein Zerhauen —

Helene.

Ich muß fort — heute, heute noch fort: das allein ist die Lösung!

Mar.

Helene —

Dalberg.

Thoren, Kinder, seid still! Gegen diese elenden Ränkespinner kämpft man mit ihren Waffen; diese Maulwürfe, diese Minirer sprengt man mit ihrem eignen Pulver in die Luft —

Mar.

Keine Intrigue mehr; nein, nein!

Helene.

Ich habe genug; ich will fort!

Dalberg.

Gut, Sie sollen fort; aber nach meinem Plan! Und wie wir die fette Seele des Onkels Silen aus ihrem Frieden gestört haben, so suchen wir auch die schöne Seele der Tante Winzer heim — (horcht) Man kommt!

Mar.

Was wolltest du thun? Nein, nein —

Dalberg.

Still, junger Mann! Einen Brief an diese ästhetische Elster —

Winzer (hinter der Scene).

Spörlein! — Spörlein!

Helene.

Stimmen!

Dalberg.

Also folgt mir — oder ich lasse euch auf Lebenszeit im Stich! Fort auf mein Zimmer: da entwickle ich euch, (an seine Stirn fassend) was ich hier wachsen höre —

Winzer (draußen).

Spörlein!

Dalberg.

Ihr großen Kinder, hinaus! Wozu haben wir meinen Kopf? (Führt sie nach links ab, durch die hintere Thür.)

Vierter Auftritt.

Winzer, Spörlein; später Anastasius.

Winzer (etwas abgemagert, trübselig, kommt mit Spörlein von rechts durch die zweite Thür).

Sie wußten ja, Spörlein, daß ich jetzt essen wollte. Sie sind mein Feind; Sie vernachlässigen mich.

Spörlein.

Ich dachte, Sie hätten schon mit den andern Herrschaften gespeist.

Winzer.

Sie haben kein Gedächtniß, Spörlein! Ich will nicht mehr mit den andern Herrschaften speisen; mein Magen hält es nicht aus, alle die guten, fetten, süßen Sachen zu sehn, die diese Menschen genießen. Ich bitte, legen Sie die Serviette hier auf den Tisch; stellen Sie mir mein trocknes, einsames Mahl, meine Kalbsmuskelfasern, meine ungespickte Rindslende hier vor diesen Stuhl. Ohne Brod, ohne Butter! — — Doch ich will nicht seufzen; ich bin Philosoph.

Spörlein (deckend, auftragend, mit unterdrücktem Lachen).

Ja, als Philosoph bewähren Sie sich, Herr Winzer; das muß man sagen. — Sie essen heut gar so spät.

Winzer.

Es ist ja ganz gleich, Spörlein, wann ich esse! Was liegt an dem trocknen Fleisch? (vor sich hin starrend) Wenn man sich zu seinem Unglück immer sagen muß, daß Flammri mit Crême à la vanille eine göttliche Sache wäre — — Doch ich bin Philosoph.

Spörlein.

Sie hätten diese Wette nicht annehmen sollen, mein' ich.

Winzer.

Verflucht sei diese Wette — und dieser Dalberg — und diese Australierin! Zeit ihres Lebens verflucht! — — Fünfhundert Thaler! — Fünfhundert Thaler gewinnen, wenn ich siege — das hat seinen Reiz, Spörlein. Das hält mich noch aufrecht. — — Sehen Sie her: früher konnt' ich diesen Rock hier nicht zuknöpfen; jetzt kann ich's. Ich habe schon sechzehn Pfund verloren, Spörlein.

Spörlein.

Zehn, Herr Winzer; nur zehn.

Winzer.

Der gute Arthur wägt mich alle Tage. Sechzehn, sechzehn Pfund! — — Man hat hier im Hause so vortreffliche Butter, Spörlein.

Spörlein.

O ja; dafür sind wir berühmt.

Winzer.

So eine frische, edle Butter —

Spörlein.

Gebirgsbutter —

Winzer.

Die zart duftet wie Nuß — — Ich habe eine unglückselige Phantasie.

Spörlein.

Denken Sie an etwas nicht Eßbares, Herr Winzer.

Winzer.

Das kann ich nicht; die Natur ist zu stark! (während Spörlein ihm hinten die Serviette zubindet) Wenn Sie in der Wüste reisen, Spörlein —

Spörlein.

Ja.

Winzer.

In der heißen Wüste; und vor brennendem Durst nicht mehr wissen, wohin mit Ihnen —

Spörlein.

Ja.

Winzer.

Und es steigt dann so ein falsches Luftbild, so eine Fata Morgana vor Ihnen auf: Palmen, Häuser, ein Schloß, das sich in einer glänzenden Wasserfläche spiegelt —

Spörlein.

Ja.

Winzer.

Sie gehn drauf los, Spörlein, Sie gehn drauf los. Und wenn man Ihnen auch sagt: diese schöne, glänzende Wasserfläche ist nur eine Täuschung Ihrer Sinne, — Sie gehn drauf los, Spörlein. Ihr Durst ist zu groß.

Spörlein.

Ja, das wird er wohl sein.

Winzer.

So gehen die langen Beine meiner Phantasie auf Alles los, was mir verboten ist, wonach ich mich sehne. (vor sich hin starrend) Frisches, duftendes Brod; frische, duftende Butter! (Setzt sich rechts an seinen Tisch.) Ich will versuchen, von diesem Hund zu essen.

Spörlein.

Es ist Kalbsbraten, Herr Winzer.

Winzer.

Mir schmeckt's wie Hund! Ohne Sauce, ohne Gemüse, ohne Brod — — Das ist nicht die Art, wie Menschen essen!

Anastasius (von hinten, mit einem großen Stück Käse und ein Glas Milch in der Hand).

Ihr Herr ruft Sie, Spörlein.

Spörlein.

Ich komme! (Nach hinten ab.)

Anastasius.

Das ist ein spaßiger Anblick: Onkel Winzer allein am Katzentischchen — und mit diesem Gesicht!

Winzer.

Lachst du über mich, Schlingel? und kau'st dein Lachen obendrein noch entzwei? — Unglücklicher Junge, anderthalb Stunden nach Tisch schon wieder beim Essen und Trinken?

Anastasius.

Ich soll mich vor Allem nähren, sagt meine Mutter. Ich war in der Speisekammer, hab' mir diesen Käse da mit Butter beschmiert.

Winzer.

Fingerdick mit Butter! (seufzend, vor sich hin) Es ist grauenvoll: selbst diese unmögliche Composition, die ich in meinen guten Tagen verabscheut hätte: Milch, Butter und Käse — in diesem Augenblick regt sie mich wollüstig auf. — Geh mir aus den Augen, Junge; ich kann dich nicht essen sehn.

Anastasius (lacht, stellt sich vor ihn hin).

Du kannst's schon sehn; sieh nur her. So ißt man Käse mit Butter — und so trinkt man die Milch.

Winzer.

Unverschämtes Geschöpf! Reitet dich der Teufel! (Macht seine Serviette los, wirft nach Anastasius.)

Anastasius (dreht sich geschickt).

Gefehlt! (Dreht sich wieder herum und laut ihm ins Gesicht.)

Winzer (steht auf).

Abschaum, willst du gehn? (Kuhhorn hinter der Scene.)

Anastasius.

Oho, was ist das? Wer bläst da auf meinem Horn? (Stellt hastig Milch und Käse auf Winzer's Tisch und läuft hinten hinaus.)

Fünfter Auftritt.

Winzer allein, dann Philippine.

Winzer.

Junge! Anastasius! Schurke! — — Bei Gott, er ist fort — und läßt — (bricht ab, betrachtet den Käse und die Milch, geht auf die andere Seite) und läßt das da stehn. Mir vor den Augen! — Diesen infamen Käse riech' ich bis hierher. (nach hinten) Anastasius! Anasta — —! — Der ist fort wie Luft. (nähert sich wieder seinem Tisch) Mit so einem Stück Käse zu kämpfen — — Ich kann von dem Hund da nicht mehr essen; ich kann's nicht. — Schauderhafte Versuchung! — Wenn ich die Milch wenigstens austränke — und hinterdrein von einer Katze erzählte, die sie ausgeleckt hätte — — Doch sie glaubten mir's nicht. Fünfhundert Thaler! — — Man kommt! (Setzt sich rasch, thut, als äße er wieder von seinem Gericht.)

Philippine (von hinten, einen Brief lesend).

„Diesen Roman" —

Winzer.

Meine Frau! — Was hast du da für 'nen Brief?

Philippine.

Du hier? — O nichts; nichts! (für sich) Ein sonderbarer, aufregender Brief! — „Hochverehrte Frau" —

Winzer.

Philippine!

Philippine.

Was wünschest du?

Winzer.

Ich bitte dich, entferne dieses Glas Milch.

Philippine (zerstreut).

Sogleich! (für sich) „Ein junger Schriftsteller, durch Ihre zart empfundenen Romane für Sie begeistert, von Ihren idealen Frauencharakteren voll Hoheit, Selbstlosigkeit, Opfermuth, Entsagung tief ergriffen" —

Winzer.

Liebe Philippine!

Philippine.

Sogleich! (für sich) „Wendet sich, seine Schüchternheit überwindend, mit einer Bitte an Sie. Ich hörte einmal in Madrid von einem vortrefflichen spanischen Roman: wundervolles Sujet, sehr effectvoll erzählt, — aber der deutschen Nation gänzlich unbekannt." — Der deutschen Nation gänzlich unbekannt —

Winzer.

Liebe Philippine! Wenn du dieses Glas Milch —

Philippine (zerstreut).

Gieß' es auf die Blumen! (für sich) „Diesen Roman möchte ich übersetzen oder bearbeiten; doch er ist mir leider unzugänglich. In einer spanischen Zeitschrift erschienen, die in Deutschland nirgends existirt, überhaupt nicht mehr zu haben ist, befindet er sich zufällig unter den Seltenheiten eines eifrigen Büchersammlers: und dieser Büchersammler ist Ihr Neffe, Herr Maximilian Hammer." — Max! Unser Max! — „In dem vierten oder fünften Bande dieser spanischen Zeitschrift, deren Name mir entfallen ist, finden Sie einen Roman „Los cruzados modernos"; das ist dieses vergrabene Kleinod, das ich meine. Wenn Sie nun Ihren Herrn Neffen gütigst bestimmen wollten, mir dieses Unicum zu leihen" — — Ich glaube kaum, mein Herr, daß ich so gütig sein werde; — ah, was für ein Fund!

Winzer (für sich).

Wenn ich meine Frau verführen könnte, eins von ihren strengen Augen zuzudrücken, wenn ich die Milch da austrinke! — Doch dann auf Lebenszeit ganz, ganz unterm Pantoffel zu sein — Zu viel gezahlt für ein Glas Milch!

Philippine (sitzt an dem andern Tisch, nimmt Papier und Feder zur Hand; für sich).

Antworten wir ihm sogleich! (schreibt) „Sehr geehrter Herr!" — Dieser Roman ist offenbar wie für mich geschaffen; unbekannt, nicht zu haben — — Ich gehe in die Bibliothek, schließe mich ein, suche, bis ich ihn finde!

Winzer (für sich).

Noch sechs Tage so kämpfen — es ist hart! (Steht auf, klingelt.) Fassung — Philosophie!

Philippine (schreibt).

„Sehr geehrter Herr! Nachdem ich die Bibliothek meines lieben Neffen um und um durchstöbert und leider von jenem spanischen Roman keine Spur entdeckt habe —" (Schreibt weiter.)

Sechster Auftritt.

Winzer, Philippine, Spörlein, dann die **Hofräthin, Rosalie, Christinchen, Zollstab, Dalberg, Max, Anastasius.**

Spörlein (von rechts).

Sie haben befohlen, Herr Winzer?

Winzer.

Ich bitte, entfernen Sie diesen Käse und diese Milch. Räumen Sie ab; räumen Sie Alles ab. Meine Augen und meine Nase wollen Ruhe haben. Ich wollte, ich hätte nur noch Ohren und weiter nichts — (an seine Ohren fassend) Esel, der ich war, diese verfluchte Wette anzunehmen!

Spörlein (halblaut).

Ja, ja! (Mit den Speisen ab.)

Philippine (schreibend, für sich).

„Und so bedaure ich nochmals von ganzem Herzen, Ihnen nicht dienen zu können" — Nun, nun, nun, was giebt's?

Käthin (stürzt von hinten herein).

Wißt ihr schon, wißt ihr schon?

Winzer.

Was?

Käthin.

Daß Cousine Helene — abgereist ist?

Philippine (steht auf).

Abgereist? — Du scherzest!

Käthin.

Ueber so eine Begebenheit? O nein, nein — sie ist fort —

Rosalie (hinter ihr Christinchen, von hinten).

Hallelujah, Hallelujah, die Australierin ist fort!

Christinchen.

Das Känguruh ist fort!

Rosalie.

Wir haben gesiegt, wir haben gesiegt; das Mädchen aus der Fremde ist fort!

Philippine (strahlend).

Kinder, ihr täuscht mich nicht? Es ist wahr, wirklich wahr: wir haben gesiegt?

Christinchen.

Tante, Tante, ja, wir haben gesiegt!

Zollstab (von hinten).

Wißt ihr schon —

Rosalie.

Alles, Alles!

Winzer.

Nein, wir wissen noch nichts! Wo, wo ist sie hin?

Philippine.

Warum so ohne Abschied?

Winjer.

In was für eine Art von Luft hat sie sich aufgelöst?

Zollstab.

Ja, das frag' ich auch! Spurlos verschwunden — und kein Mensch weiß, wohin!

Max (tritt, einen Brief in der Hand, mit Dalberg von hinten ein; leise).

Es gelingt nicht!

Dalberg (leise).

Es gelingt!

Räthin.

Nun, da kommt ja der Hausherr; nun werden wir's hören, denk' ich. Lieber Max, hierher: Aufklärung, Enthüllung!

Max (liest seinen Brief; Anastasius schleicht ihm neugierig von hinten nach, sucht ihm über die Schulter zu sehn).

Sonderbar! Seltsam! (bemerkt Anastasius, giebt ihm einen Puff) Dummer Junge! Mußt du dein kleines freches Näschen in jede Ritze stecken?

Anastasius (weinerlich zornig).

Oho! Oho, Vetter Max —

Winjer.

Still, du Milchbart, du Buttervogel — kaum drei Käse hoch! — Max, Neffe — sprich!

Dalberg.

Nun endlich, was schreibt dir diese Polynesierin? Warum ist sie davon?

Philippine.

Lies!

Rosalie.

Lies vor!

Max (liest).

„Mein sehr werther Cousin! Da ich nur zu sehr empfunden habe, daß meine Gegenwart in Ihrem Hause nicht das war, was man erwünscht nennt" —

Käthlu (ironisch).

Ah! sie hat's bemerkt!

Max.

„So habe ich vorgezogen, mich ohne Abschiedsfeierlichkeiten zu entfernen" —

Rosalie.

Wie graziös gesagt!

Max.

„Und sende Ihnen und der ganzen werthen Gesellschaft mein schriftliches Lebewohl. Und da mir zu einem Engel unter vielem Andern auch die Flügel fehlen, so entferne ich mich zu Fuß: durch das Wäldchen bis an den Kreuzweg, wo ein aus der Stadt bestellter Wagen mich erwartet."

Dalberg.

Bravo!

Winzer.

Sehr gut!

Philippine.

Glückliche Reise!

Rosalie.

Sagt' ich es euch nicht: wir haben gesiegt!

Max.

„Was meine Wette mit Onkel Silen betrifft" —

Winzer.

Onkel Silen bedankt sich!

Mar.

„So werd' ich mir über deren Ausgang durch meine Schwester Aurelie berichten lassen" —

Dalberg.

Was ist das?

Zollstab.

Schwester Aurelie? Sie hat eine Schwester —

Räthin.

Die sich Aurelie nennt?

Mar.

„Durch meine Schwester Aurelie berichten lassen, die mir auch meine zurückgelassenen Effekten nachschicken wird. Diese meine Schwester" —

Winzer.

Halt! Was ist das?

Philippine.

Wo ist diese Aurelie?

Zollstab.

Weiter, weiter!

Rosalie.

Lies weiter!

Mar.

„Diese meine Schwester trifft wahrscheinlich noch heute Abend hier ein" —

Winzer.

Wo? Hier in dieser Villa?

Mar.

„Um sich als aus Australien heimgekehrte Deutsche ihrer werthen Verwandtschaft vorzustellen. Sie vorher feierlich anzu=melden, hielt ich nicht für nöthig; unter Verwandten nimmt man's ja nicht so genau!"

5*

Dalberg.

Eine schöne Maxime!

Räthin.

Allerliebste Grundsätze!

Christinchen.

O Gott — es scheint, wir haben noch nicht gesiegt!

Winzer.

Ist der Brief zu Ende?

Mar.

Nur noch die Unterschrift. (Posthorn hinter der Scene.) Ah!

Winzer.

Da haben wir's!

Dalberg.

Die Posaune — nicht des jüngsten, aber des zweiten Gerichts!

Anastasius.

Ein neues Känguruh kommt; da muß ich hinaus! (Läuft nach hinten ab.)

Siebenter Auftritt.

Die Vorigen (ohne Anastasius), Arthur.

Philippine.

Unerhört, unerhört! Nach achttägigem Kampf einfacher Truppenwechsel — eine frische Armee!

Rosalie.

Ganz unangemeldet —

Räthin.

Grade wie uns zum Hohn —

Arthur (von hinten).

Wißt ihr schon? Neuer Besuch — eine verjüngte Helene!

Käthin.

Sie ist da?

Arthur.

Sie ist da!

Winzer.

Ist sie da? — So giebt's nur Einen Entschluß: man manövrire diese Zweite hinaus, grade wie die erste!

Dalberg.

Sehr wahr!

Philippine.

Ich denke: wo die Löwenhaut nicht zureichen will, muß man ein Stück Fuchspelz daran setzen!

Dalberg (steht hinter ihr).

Wie schon Lysander dachte — und Montaigne führt es an! (Philippine zornig von ihm hinweg.)

Arthur.

Hör' ich recht? Sie kommt.

Philippine.

Sie kommt? So soll sie mich hier nicht sehn! mich, mich nicht! Für mich ist sie nicht da! — Wer ebenso denkt wie ich, der folge mir nach!

Rosalie.

Ich!

Christinchen.

Ich!

Käthin.

Wir alle!

Winzer.

Geht, geht, geht; wir Männer schauen uns indessen dieses Meerwunder an. Ich denke, sie soll auch an mir keine Freude haben!

Christinchen.

Sie kommt, sie kommt!

Rosalie.

Hinaus! — Wir wollen zäher sein als das „Leder ohne Ende" von Zollstab und Compagnie! (Die Damen alle nach rechts ab; Philippine zuletzt, die Thür offen lassend.)

Philippine (für sich).

Und ich schließe mich ein — in der Bibliothek!

Achter Auftritt.

Winzer, Zollstab, Arthur, Max, Dalberg; Helene, Holland, Anastasius.

Dalberg (für sich).

Denn es steht ja geschrieben: Liebe deinen Nächsten wie dich selbst!

Helene (in einem leichten Reisekleid, einfach und mädchenhaft in der ganzen Erscheinung, mit andrer Frisur und durchaus anderem Hut, ohne Lorgnon, ein zierliches Reisetäschchen am Arm, kommt mit Onkel Holland und Anastasius von hinten; tritt etwas schüchtern ein; mit abermals veränderter, zarter Stimme).

Ich gebe Ihnen mein Wort, lieber Onkel, ich habe zu wenig Muth!

Holland.

Ah bah bah! zieren Sie sich nicht! Ich, der alte Onkel Holland, führe Sie herein — da haben Sie meinen Arm — und nun thut Ihnen keine Katze etwas, ich gebe Ihnen mein Wort.

Helene.

Guter, guter Onkel! Wie kann man so liebenswürdig sein — gegen ein armes, unbedeutendes Mädchen, das man nicht einmal kennt —

Holland.

Ah was: wenn man Ihnen einmal in die Augen sieht, so kennt man Sie ja!

Helene.

Wirklich?

Holland.

Und ich muß Ihnen ganz ehrlich sagen, frisch von der Leber weg: Ihre Frau Schwester soll der Teufel holen — aber Sie sind 'ne andere Couleur!

Helene (schüchtern lächelnd).

Meinen Sie — — Doch wir stehn hier noch immer, lieber Onkel, und reden die Gesellschaft nicht an.

Holland.

Nun, so gehn wir drauf los!

Max (verwirrt, leise).

Dalberg! Wenn die Andre nicht meine Helene war — diese Zweite ist's auch nicht!

Dalberg (leise).

Sie spielte die Sonnenblume, nun spielt sie das Veilchen!

Max (geht auf Helene zu, die Onkel Holland inzwischen mit Zollstab und Arthur bekannt gemacht).

Meine verehrte Cousine Aurelie —

Helene (zu Holland).

Ist das Vetter Max?

Holland (lächelnd).

Ja: das ist der sogenannte Herr im Hause.

Max.

Sie machen uns eine so angenehme Ueberraschung —

Helene (für sich, lächelnd).

Wie er verwirrt ist! (laut) Ueberraschung? Ueberrasche ich Sie? Haben Sie denn nicht schon lange von meinem Kommen gewußt?

Holland.

Wir? Nicht eine Silbe! Erst in dem kuriosen Abschieds= brief von Dings da — von Ihrer Frau Schwester, mein' ich —

Helene.

Großer Gott! so poltere ich hier mit der Thür ins Haus? Man wußte gar nichts von mir? — O Himmel, das ist ja unmöglich! Da bleib' ich nicht hier —

Holland (hält sie fest).

Wir lernen Sie jetzt kennen: damit ist's ja gut. Keine Umstände! Ob Ihre Frau Schwester vorher von Ihnen ge= plauscht hat, oder nicht —

Helene (lauft).

Meine böse Schwester! Nicht einmal zu fragen, ob ich willkommen bin — und sich aus dem Staube zu machen, ohne auf mich zu warten. O was für eine sonderbare, launenhafte Seele sie ist!

Winzer.

Ja das ist sie: davon nimmt man ihr nichts!

Helene (immer liebenswürdig).

Wer ist der Herr mit diesem prächtigen Philosophenkopf, diesem sokratischen Gesicht?

Max.

Onkel Winzer —

Dalberg.

Unser Patriarch.

Helene.

Ich bitte, geben Sie mir Ihre Hand, lieber Onkel Win= zer! Ich will mir alle Mühe geben, weniger sonderbar und launenhaft als meine Schwester zu sein; das versprech' ich hier in Ihre weiße Hand.

Winzer (für sich).

Allerliebstes Geschöpf!

Holland.

Versprechen Sie ihm nicht zu viel; machen Sie den Onkel Holland nicht eifersüchtig.

Helene.

Lieber Onkel Holland! — Ach Gott, wie ich vorhin aus dem Wagen stieg — so aufgeregt, so beklommen — und Sie grade zufällig aus dem Boskett hervortraten — wie mir gleich Ihr Anblick so wohl that! Ich brauchte Sie nur anzusehn, und meine Beklemmung war weg! So ein liebes, prächtiges Gesicht — (streichelt ihn ein wenig; dann erschrocken) O, ich werde ja dreist.

Holland (lächelnd).

Streicheln, streicheln Sie nur; es thut mir nicht weh!

Max (für sich).

Ich glaube fast, ich werde eifersüchtig! (laut) Doch vergessen wir nun auch nicht, für Ihr Zimmer zu sorgen —

Winzer.

Nun, ich denke, sie wohnt, wo die Schwester wohnte: in Arthur's Atelier.

Helene (erschrocken).

In Arthur's Atelier? O Himmel, nein, niemals —

Holland.

Ah was! Pinseln kann der junge Mann überall.

Helene (zu Arthur).

Ich in Ihrem Atelier, in Ihrer Künstlerwerkstatt? Das hieße ja Tempelschändung! (schüchtern) Sie sollen so sehr reizend malen, hab' ich gehört —

Arthur (geschmeichelt).

O bitte; die Welt lügt!

Helene (lächelnd).

Es spukt da gewiß: Ihr Genie geht Nachts um, flüstert mir drohend ins Ohr, warum ich es aus seinem Heiligthum vertrieben habe — Nein, da kann ich nicht schlafen.

Arthur.

Doch, Sie können und werden, schöne Cousine; fürchten Sie sich nicht. Mein „Genie" schläft Nachts wie ein Bär. Sie müssen mein Atelier, meinen Pavillon bewohnen, oder Sie beleidigen mich.

Holland.

Bravo! Immer galant!

Helene.

Ich beleidige Sie?

Arthur.

Ja, Sie beleidigen mich. Und das wollen Sie doch nicht; das wollen Ihre Veilchen=Augen gewiß nicht.

Helene.

Also ich muß da wohnen?

Arthur.

Ich flehe Sie darum an.

Helene.

Sie sind alle so hold, so gut, so freundlich zu mir! (drückt auch Zollstab die Hand) Sie auch); ich les' es auf Ihrem herz= lichen, seelenguten Antlitz. (lächelnd) Dafür wünsch' ich Ihnen die allerliebenswürdigste Frau!

Dalberg.

O, die hat er schon lange.

Helene.

Hat er schon lange? — Ach, das dachte ich nicht; er sieht so — so jung aus. (lächelnd) Verzeihen Sie: ich sage Ihnen Alles so ehrlich ins Gesicht!

Zollstab (heiter).

Bitte; ich kann's vertragen.

Winzer.

Aber meine liebe, holde Aurelie —

Helene.

Was, mein lieber Onkel?

Winzer.

Ich staune nun schon eine Viertelstunde lang: diese Aehnlichkeit mit Ihrer Schwester Helene! Sähen Sie nicht so viel jünger, so viel — lieblicher aus —

Helene.

Ja, über unsre Aehnlichkeit verwundert sich Jedermann; wie zwei Eier aus Einem Nest! (leiser, auf ihr Herz deutend) Nur inwendig — da ist's anders. Wir sind so verschiedene, — grundverschiedene Menschen!

Holland.

Ja — und das ist Ihr Glück!

Helene.

Sie ist so sicher; so dreist. Und wie sie nun gar über die Verwandtschaft denkt: wie sie sich ihnen aufdrängt, ohne alle Rücksicht, ob sie ihnen gefällt —

Winzer.

Ja, eben das ist's!

Helene.

Wie sie sie ausnützt, statt sich ihnen zu opfern —

Arthur.

Darin ist sie naiv!

Helene.

Und ihr schwaches, verkümmertes Zartgefühl — das ihr nicht sagt: halte dich zurück, laß ihnen ihre Freiheit —

Holland.

Nein, bei Gott, das fällt ihrem Zartgefühl nicht ein!

Helene.

Müßte man sich nicht schämen, wenn man ihr auch darin ähnlich wäre? — Nein — es ist so schön, liebe Verwandte zu haben, so hold und gut, treu zusammenzustehn; aber man mißbrauche dieses Recht, und es wird eine Sünde!

Winzer.

Bravo, bravo! Das Mädchen spricht wie ein Philosoph.

Holland.

Und hat Recht, hat Recht!

Helene.

Nein, wenn ich je -- — Was haben Sie, lieber Benjamin?

Anastasius (der kläglichste Gesichter schneidet).

Nun, natürlich muß ich mich erkälten: es zieht ja.

Helene.

Wahrhaftig, wir haben beim Eintreten die Thür offen gelassen; und die da ist auch nicht zu. Armer, bleicher Jüngling! Dem helfen wir ab! (Schließt die Thüren hinten und vorne rechts.)

Max (für sich).

Sie ist gegen Jeden hold — nur nicht gegen mich!

Helene.

So, den abscheulichen Zug haben wir getödtet — — Was ist Ihnen, bester Onkel?

Winzer (wischt sich den Schweiß von der Stirn).

Zweiundzwanzig Grad Réaumur, und dabei keinen Luftzug — Mein Kind, das ist gegen die Natur!

Helene (erschrocken).

Lieber Gott! Ihnen wird zu heiß. (lächelnd) Wir schließen ein Compromiß! Unser armer Benjamin wird hermetisch abgesperrt — (nimmt ihren Ueberwurf, den sie vorhin abgelegt, und wickelt Anastasius hinein) und der gute Junge rechnet es sich zur Ehr' und Seligkeit an, dem theuren Onkel zu Liebe ganz geduldig zu sein! Und nun öffnen wir wieder die Thüren — (Oeffnet die im Vordergrunde rechts; Zollstab, Arthur, Holland stürzen nach hinten, die Gartenthür aufzureißen.). Ich danke den lieben Herren! — Geben Sie mir Ihren Arm, bester Onkel; denken Sie, ich sei Ihre Tochter — Ihre Antigone. Ich führe Sie ganz sanft hier an diesen Platz, neben der offenen Thür; — sehn Sie, da geht die Luft, wie von einem Fächer getrieben, aus und ein, und kühlt Ihnen die philosophische Stirn.

Winzer (setzt sich; lächelnd).

Zauberin! Armide!

Max (für sich, seufzend).

Ach mein Gott, wie liebenswürdig sie ist!

Helene (kommt zurück).

Nicht wahr, ich irre doch nicht? Wenn Sie der große Gelehrte, der Herr Doctor Dalberg sind —

Dalberg.

Ich bin Dalberg, der kleine Bücherwurm; um mit der weltüblichen Bescheidenheit zu reden.

Helene.

So sind Sie auch der vortreffliche Klavierspieler, von dem meine Schwester mir neulich geschrieben hat; (zu Zollstab) und in demselben Brief schrieb sie von Ihrem schönen Gesang. Wir haben hier ja eine ganze musikalische Compagnie — unsern Componisten, Vetter Max, obenan. O, wir können hier also ein reizendes Künstlerleben führen — Musik, Malerei —

Arthur (entzückt).

Ja, bei Gott! — Meine schöne Cousine, wenn ich Ihnen zum Beispiel einmal meine Skizzen vorlegen dürfte — meine Studien —

Helene.

Sogleich, sogleich! (mit verführerischem Bitten) Nicht wahr, Sie bringen sie auf der Stelle hierher.

Arthur.

Alles, was ich habe! (Eilt nach links ab.)

Helene (zu Zollstab).

Und Sie singen mir zum „Willkommen" ein Lied — ein recht herziges deutsches Lied? (Zollstab verneigt sich geschmeichelt.) Oder machen wir uns damit den lieben Onkels verhaßt?

Holland.

O nein! Ich höre so ein Lied ganz gerne mit an, wenn es nicht zu dumm oder zu schwermüthig ist. (Setzt sich in den Rollstuhl.)

Winzer (sitzt auf der Chaise longue).

Es ist mir ein angenehmer Schlaftrunk, mein liebes Kind; zumal nach Tisch, (seufzend) wenn ich so nichtswürdig ge= gessen habe.

Helene.

Sie sollen schlafen, Onkel Sokrates; hier auf diesem weichen Lager strecke ich Sie aus! Nicht wahr, ich decke Sie ein wenig zu; ein Kissen unter den Rücken — O, dieses Kissen ist garstig; ich gelobe hiemit, Ihnen ein andres, schöneres zu arbeiten! — Und nun, Papa, schlafen Sie friedlich ein!

Winzer.

Sie kleiner Seraph! (Küßt sie zärtlich auf die linke Wange.)

Helene.

Oh — verziehen Sie mich nicht! — Bester Onkel Holland, kommen Sie her: Sie sind dem Klavier zu nah. Befördern wir Sie ganz sacht in die andere Ecke! (Rollt ihn in seinem Stuhl nach vorne links.) Und nun träumen Sie süß.

Holland (verliebt lächelnd).

Ihre andre Backe da beschwert sich! (Küßt sie auf die rechte Wange.) Sie Erzengel!

Arthur (tritt wieder ein, mit einer großen Mappe und einem Skizzenbuch).

Hier, schöne Cousine —

Helene.

Herrlich, herrlich! Bitte dort auf den Tisch! (Nimmt von Dalberg und Zollstab je einen Arm, führt sie ans Klavier.) Nun, meine Herren, werden Sie uns beglücken? Der Herr Doctor, der „Bücherwurm", begleitet, nicht wahr?

Dalberg.

Der Wurm thut, was er kann!

Anastasius.

Und was soll ich denn thun, wenn sie alle was thun?

Helene.

Ach du reizender Junge — Verzeihen Sie, ich nenne Sie schon Du —

Anastasius.

Ja, das sollst du auch; das will ich!

Helene.

Also willst du dich auch nützlich machen, mein kleiner Amor?

Anastasius (verliebt aufgeregt).

Ja ja ja!

Helene.

Nun, da fällt mir ein: (sich mitten im Zimmer setzend) wie man's auf den alten Bildern sieht, wo die kleinen geflügelten Genien die Inschriften halten — so könntest du mir Vetter Arthur's Bilder auf deinem Rücken zeigen, junger Genius: denn ich habe ja zugleich noch etwas Andres zu thun. Ich muß ja Wolle abwickeln: das Kissen für Onkel Sokrates — das soll noch heute heran.

Winzer (gerührt).

Sie Cherub!

Helene.

Schlafen Sie noch nicht? — Musik! Musik! Irgend ein sanftes, leises Schlummerlied! (Dalberg fängt an, gedämpft zu spielen. Zoll-

Stab singt, desgleichen.) **Genius, ans Werk!** (Anastasius hält seinen Rücken hin; Arthur, lächelnd, breitet darauf sein Skizzenbuch aus.) Ei, wie schön; wie schön! — — Hier in diesem Täschchen hätt' ich Wolle, wie ich sie brauchen kann; (liebenswürdig lächelnd) Vetter Max, wollen Sie sie mir halten?

Max (in eifersüchtiger Verwirrung).

O, nur zu! Gebieten Sie über mich.

Helene (für sich).

Diese Löwen wären alle gezähmt! (laut) Also halten Sie, Herkules; die kleine Omphale bittet. (leise, lächelnd) Gefalle ich Ihnen so?

Max (leise).

So sehr — daß Sie mich tödten!

Philippine (tritt nach einer kurzen Pause — während Gesang und Spiel fortdauern — mit den andern Damen hinten in die offene Thür, steht stumm vor Entsetzen).

Käthin (schreit auf; Rosalie desgleichen).

(Der Vorhang fällt.)

Dritter Aufzug.

Garten am Hause mit den Pavillons, wie im ersten Aufzug.

Erster Auftritt.

Philippine, dann **Dalberg.**

Philippine (aus dem linken Pavillon; sinnend).

Los cruzados modernos — „Die modernen Kreuzfahrer" — es wäre ein guter Titel! Doch ich darf ihn nicht brauchen, er verräth mich. Und doch liegt er mir beständig im Ohr! — — Diese Aurelie! Diese Circe, diese Männerverführerin — es erstickt mich, wenn ich nur an sie denke! — — Ich will nicht mehr an sie denken. Dieser spanische Roman — wie für mich geschaffen! Ein pikanter moderner Stoff; gesunde Tendenz; — ganze Bogen übersetze ich fast wörtlich so, wie sie da stehn; Einiges muß ich etwas germanisiren. O, ein entzückender Fund — (Blickt zum andern Pavillon hinauf.) Hör' ich da nicht Aureliens Stimme? — O dieses furchtbare Geschöpf! Sie verbittert mir jede Minute meines Lebens; sie verführt das ganze Haus — alle Welt. Wäre sie in Australien an den Masern gestorben! — Heut, heut muß es zum Ende kommen, heut oder nie!

Dalberg (aus dem Hause, ein großes Folio-Buch im Arm).

Guten Morgen, Allergnädigste! Ich höre, daß Sie schon im Garten lustwandeln, und eile die Treppe herunter, Ihnen dieses Fragezeichen vorzulegen.

Philippine.

Dieses Buch da?

Dalberg.

Ja, dieses Buch aus Max' Bibliothek; den vierten Band der spanischen Zeitschrift „Tiempo nuevo". Dieser vierte ist da, aber sein jüngerer Bruder, der fünfte, fehlt; eben der, den ich suche.

Philippine.

Warum suchen Sie ihn?

Dalberg.

Warum? Einem einfältigen deutschen Schriftsteller zu Liebe, der sich's in den Kopf gesetzt hat, einen schlechten spanischen Roman für die deutsche Nation zu übersetzen, und der dieses unerreichbare Buch von uns leihen will. Und so hat er an Max geschrieben —

Philippine.

Und auch an mich.

Dalberg.

Auch an Sie?

Philippine.

Und um meine Vermittelung gebeten. Darauf hab' ich jenen fünften Band stundenlang gesucht —

Dalberg.

Haben ihn gesucht!

Philippine.

Aber nicht gefunden. Entweder ist er verloren, oder war niemals da. Und das hab' ich jenem jungen Schriftsteller mit vielen Bedauern geantwortet.

Dalberg (für sich).

Diesen Antwortbrief kennen wir; er steckt in meiner Tasche! (laut) Sie halten es also für nutzlos, den fünften Band noch zu suchen —

Philippine.

Zu meinem Bedauern, ja. (für sich) Denn er steckt da drinnen bei mir! (laut) Haben Sie sonst noch ein Fragezeichen für mich?

Dalberg.

Ich danke Ihnen. Nein.

Philippine.

So empfehl' ich mich Ihnen. (für sich) Fort zu unsrer Verschwörung! — Wie's hier auch enden mag — ich habe meinen Roman! (Ab nach links.)

Zweiter Auftritt.

Dalberg allein, dann Max.

Dalberg (sieht ihr lächelnd nach).

Unglückliche, dieser spanische Roman bricht dir den Hals! — — Uebrigens, wie ich gestern durch ein bischen Spionage herausgebracht, hat sie jetzt ihren Geisteslieferanten Montaigne abgesetzt und liest Franklin's kleine Schriften; (lächelnd) und nun les' ich sie auch!

Max (singt hinter der Scene, summend).

Ach, wenn du alle Menschen liebst —

Dalberg.

Horch, horch! Max componirt. Armer verwundeter Max! Wie diese kleine Hexe, die Helene, das ganze Haus auf den Kopf stellt —

Max (wie oben).

Kannst du dann Einen Menschen lieben?

Dalberg.

So hat sie auch diesen Max aus allen Fugen gerenkt, und nun geht er als musikalischer Othello herum.

Max (wie oben).

Ach, wenn du alle Menschen liebst —

Dalberg.

Er kommt hierher. Treten wir etwas bei Seite! (Legt sein Buch auf den Tisch, tritt an den rechten Pavillon zurück.)

Max (kommt von links, Notenpapier und Bleistift in der Hand, tiefsinnig, abwechselnd summend und seufzend; setzt sich endlich auf einen Stuhl).

Es kommt nicht! Das Motiv bleibt mir immer auf halbem Wege stecken, wie ein Stück von der „unendlichen Melodie." — Nun, so bleibe es stecken. Das erbärmlichste, unfruchtbarste, unfähigste Geschöpf ist ein unglücklicher Mensch!

Dalberg (für sich).

Und doch wird er gleich anfangen, sein Unglück auf Noten zu setzen; — richtig, er fängt schon an. — Das Geschöpf „Mensch" ist eine sentimentale Arbeitsbiene, eine melancholische Ameise!

Max (summt).

Ach, wenn du alle Menschen liebst,
Kannst du dann Einen Menschen lieben?
Und wenn du alle Welt betrübst,
Wirst du dann nicht auch mich betrüben?

Dalberg (vortretend).

Ein sehr wahrer, logischer und verständlicher Text.

Max.

Mußt du horchen?

Dalberg.

Heiliger Othello! wie finster er zu mir aufblickt. Ist so eine matinée musicale nicht zum Horchen da?

Max.

Ich muß dir sagen, daß ich allmählich den Geschmack an deinen Scherzen verliere.

Dalberg.

Ja, mein Lieber, so scheint es.

Max (springt auf).

Dieses Leben — dieses Leben hier halt' ich nicht mehr aus! Dalberg — Diese Helene! Diese Komödie hier — — Wer so kokett scheinen kann, wird der's nicht auch sein?

Dalberg.

Gewiß; denn: (singt)
Denn wenn du alle Menschen liebst,
Kannst du dann Einen Menschen lieben?

Max.

Nicht diese Possen; Dalberg, ich ertrage keine Possen mehr! Werde wild, schimpfe, rase, sei unausstehlich — aber nicht dieses mattherzige, überlegene Lächeln! — Es macht mich toll, es macht einen Narren aus mir, Helene so — liebenswürdig, so — süß, so — bezaubernd zu sehn! Alle lieben sie — Allen ist sie hold; dir auch — du auch!

Dalberg.

Zu viel Ehre: eifersüchtig auf mich?

Max.

Wem lächelt sie nicht zu, wen zieht sie nicht an ihrem Zauberfaden hinter sich her? Ja, ich bin eifersüchtig — auf dich — auf Jedermann! Auf den alten Winzer und den jungen Arthur — auf den Greis Holland und den Knaben Anastasius — auf Alle! Alle! Alle!

Dalberg.

Sehr viel Arbeit, mein Lieber!

Max (wild auffahrend).

Ich sage dir zum letzten Mal: scherze nicht mehr! Genug und genug! Dieser Zustand hier frißt mir am Leben; ich muß ein Ende machen, so oder so!

Dalberg (betroffen).

Max! Max! So tragisch —

Max.

Tragisch — lächerlich — sinnlos — gleichviel! Meine Gut=
herzigkeit, meine Geduld, meine nachgiebige Schwäche sind zu
Ende. Ich bin nicht mehr jener Max — jener gläubige Planet
deines weisen Systems! Wozu diese Intriguen? Sie machen
mich an dem Einzigen irre, was ich noch besaß; sie vergiften
mir meinen Glauben, mein Gefühl, mein Herz; sie machen mich
rasend — — und um nicht noch bittrer zu werden, will
ich gehn!

Dalberg.

Max! Bester! Wohin?

Max.

Fort — aus dieser Luft, diesem Hause; — eh ich an ihr,
an dir thue, was mich reut. Ich danke dir für deine weisen
Pläne; freue du dich deiner, bewundere dein Gehirn; — ich habe
nun von Freundschaft und Liebe für das Leben genug!

Dalberg (ihm nach).

Max! Du das mir —

Max.

Leb wohl! (Nach hinten rechts ab.)

Dalberg.

Max! Mensch — Thor — Freund — — Er macht mich
irre an mir; (an seine Stirn greifend) bin ich wirklich ein Esel, oder
nicht? — Max! — Ich muß ihm nach, ihm und mir beweisen,
daß ich noch keiner bin! (Ab.)

Dritter Auftritt.

Winzer, Spörlein.

Winzer (aus dem Hause, an Spörleins Arm, wieder etwas abgemagert, mit höchst
leidendem Ausdruck).

Sardinen in Oel sind gut, Spörlein.

Spörlein.

O ja, sie sind gut.

Winzer (seufzt).

Reden wir nicht mehr davon! Genug, genug! — — Ich weiß nicht, warum mir stets so ein fettes, blasses, zartes, zartes Spanferkelchen vor den Augen steht. — Ich habe immer die Spanferkel geliebt!

Spörlein.

Ja, so lang' ich Sie kenne.

Winzer.

Ich bin krank. Ich bin leidend, Spörlein. Nicht wahr, volle dreizehn Tage führ' ich schon diese unmögliche Existenz.

Spörlein.

Morgen Abend Erlösung: wenn Sie's bis dahin noch aushalten!

Winzer.

Ich glaube nicht, Spörlein. Ich erleb's nicht mehr. Mein ganzer Organismus ist zerrüttet, mein lieber Spörlein. Es soll eine gesunde Kur sein, sagen einige gottverlassene, unwissende Leute; mich tödtet sie. Sie ist unnatürlich; alles Unnatürliche tödtet. Kein Fett, kein Zucker, kein Mehl! — (vor sich hin seufzend) Flammri mit Crême à la vanille!

Spörlein.

Wenn Sie nicht noch wenigstens das Fräulein Aurelie hätten —

Winzer.

Ja, das Fräulein Aurelie. Das ist mein Trost. So ein kleiner, holder, streichelnder Engel von einer Nichte! — Sie hat so ein fettes, blasses, zartes Hälschen, Spörlein; das steht ihr gut.

Spörlein.

Und die kleinen Hände!

Winzer.

Kleinen Hände — ja. So kleine zierliche Knöchelchen in den Fingern — (sich versinnend) Knöchelchen! Knochen! — Rindsmark. Ich weiß mir keine Delikatesse über Rindsmark mit Salz und Brod.

Spörlein.

O ja, Rindsmark ist gut.

Winzer.

Mein lieber Spörlein.

Spörlein.

Sie wünschen?

Winzer.

Kommen Sie doch einmal her. — Ich habe Sie gern; ich meine es gut mit Ihnen.

Spörlein.

Und doch bin ich nicht einmal fett.

Winzer (vor sich hin).

Rindsmark mit Salz und Brod. Ein kleines Butterbrod — eine kleine Sünde!

Spörlein (mit heimlichem Lächeln).

Was sagen Sie, Herr Winzer?

Winzer.

Spörlein!

Spörlein.

Was giebt's?

Winzer (verschämt).

Sie könnten mir wohl einmal behülflich sein; ja ja.

Spörlein.

Zu was?

Winzer.

Alles paßt mir hier auf! Das ist nicht gut! — Sehen Sie, wenn ich nun zwei Thaler in diese Hand lege: — ein kleines Butterbrod, Spörlein.

Spörlein.

Mit Gebirgsbutter —

Winzer.

Mit Gebirgsbutter, ja.

Spörlein.

Das nützt Ihnen nichts. Herr Doctor Dalberg giebt mir zehn Thaler, wenn ich Sie verrathe!

Winzer (niedergeschlagen).

Hm! (Geht von Spörlein hinweg.) Also was ich dann noch sagen wollte —

Spörlein.

Aber etwas Tugendhaftes, Herr Winzer.

Winzer.

Ach! — — Warum in aller Welt kommt Fräulein Aurelie nicht?

Spörlein.

Weil sie noch nicht auf ist, wie ich Ihnen schon sagte.

Winzer.

Langschläferin! Faule, faule Hexe! — — Es ist kein Leben mehr in mir, wenn diese Nichte nicht da ist. Sie ist wie die Sauce zum Fleisch, Spörlein.

Spörlein.

Ja, das ist sie, Herr Winzer.

Winzer.

Wie das Brod zur Sauce.

Spörlein.

Ja ja.

Winzer.

Wie die Butter zum Brod!

Vierter Auftritt.

Winzer (Spörlein geht bald ins Haus zurück), **Holland, Arthur, Zollstab, Dalberg;** später **Anastasius, die Räthin, Philippine, Rosalie, Christinchen.**

Dalberg (kommt mit Holland, Arthur und Zollstab von hinten rechts; für sich).

Dieser verteufelte Max ist nicht mehr zu zähmen; er will fort; er sprengt uns in die Luft! (laut) Ah, unser Philosoph.

Zollstab.

Guten Morgen, Schwiegervater.

Winzer.

Guten Morgen, guten Morgen! Und hol' euch alle der Teufel!

Arthur (blickt nach Helenens Fenster, seufzt).

Ach Gott!

Winzer.

Worüber seufzest du, junger Fant?

Dalberg.

Worüber wir alle seufzen: daß unser Morgenstern nicht aufgehen will. (seufzt nachahmend) Ach Gott!

Holland.

Diese bequeme, vornehme junge Dame! — — Wenn ich sie nicht lachen höre, langweil' ich mich niederträchtig. (seufzt) Ach Gott!

Dalberg (für sich).

Ich habe meine Freude an dieser Heerde!

Arthur.

Sie ist so ein herziges Ding.

Zollstab.

Und so sanft; so gut. (trotzig) Und das sag' ich meiner eignen Frau ins Gesicht — und meiner werthen Schwiegermutter desgleichen!

Holland.

Ah bah! Diese eifersüchtigen Frauenzimmer —

Arthur.

Die's Aurelien nicht gönnen, daß sie uns gefällt —

Winzer.

Die mit Gesichtern herumgehn wie die Hungersnoth — spitze Reden führen —

Zollstab.

Gardinenpredigten halten —

Holland.

Die Köpfe zusammenstecken, geheime Verschwörungen machen —

Arthur.

Ja ja, der kleine Anastasius hat's bemerkt! Heute Morgen beim Frühstück, sowie die erste männliche Person sichtbar wurde, haben sie sich sogleich wie auf Verabredung entfernt —

Zollstab.

Und lassen sich nicht mehr sehn —

Holland.

Und meine zweite Auflage, mein Christinchen, immer mit dabei!

Winzer.

Hole sie alle der Teufel!

Holland.

Sie uns ignoriren? Nur zu! Wir ignoriren sie auch! Ich hab' auf heute Vormittag eine Spazierfahrt arrangirt, ohne die Damen, nur mit unserm Aurelchen. Wir Mannsleute und der kleine Engel in drei Wagen — (mit triumphirendem Lächeln) sie halten schon da hinten am Rondel!

Arthur.

Ein famoser Einfall! Nur zu! (Ein Klatsch hinter der Scene.)

Anastasius (schreit draußen).

Au! — Oho!

Käthin (draußen).

Wart', du infamer Junge! (Ein zweiter Klatsch.)

Dalberg (lacht).

Mutterfreuden!

Zollstab.

Was giebt's?

Anastasius (stürzt von links hervor).

Hurrah, hurrah! Ich habe Alles gehört!

Holland.

Was brennt da auf deiner Backe?

Anastasius.

Zwei Ohrfeigen — von meiner Mutter: sie hat mich ertappt, als ich horchte. Ich weiß Alles: die Weibsleute wollen fort, alle zusammen fort; wir Männer bleiben hier mit Tante Aurelie allein — Juchhe! Juchhe!

Käthin (mit Philippine, Rosalie, Christinchen von links hereineilend).

Ungerathener Sohn!

Philippine.

Ja wohl, so ist's: ja, wir wollen fort! Und wenn es durch diesen Grünspecht da schon verrathen ist, so bekennen wir's sogleich —

Rosalie.
Was wir sonst nach einer Stunde bekannt hätten —

Philippine.
Diesen frivolen Zustand hier halten wir nicht mehr aus! Dieses unwürdige Tändeln mit der kleinen Cousine —

Christinchen.
Der alle Männer vom Morgen bis zum Abend an der Schürze hängen — o pfui —

Käthin.
Auch mein Sohn! mein unglücklicher, mein verlorener Sohn!

Anastasius.
Gut, so suche dir einen andern: ich bleibe hier!

Rosalie.
Und darum wollen wir fort —

Christinchen.
Und haben schon in aller Frühe heimlich gepackt —

Rosalie.
Auch eure Koffer, ihr Männer —

Winzer.
Was ist das?

Bollstab.
Element! Unsre Koffer?

Rosalie.
Ja, eure, eure! eure!

Philippine.
Und in diesem Augenblick hatten wir uns verschworen, diese charakterlosen, willenlosen, pflichtlosen Männer mit einer vollendeten Thatsache zu überraschen —

Käthin.

Haben die Wagen bestellt —

Christinchen.

Zur Abreise —

Rosalie.

Und werfen euch nun diese letzte Frage ins Gesicht: wollt ihr mit uns abreisen oder nicht?

Zollstab.

Wir? — Nein, nein, nein!

Holland.

Lächerlich! (zu Christinchen) Du rebellische kleine Bachstelze — Nein, nein, nein!

Winzer.

Nein, nein, nein! Nein, nein, nein!

Philippine (fassungslos).

Wie! Du auch? Du da — dieser Silen —

Käthin.

Dieser nach einem Butterbrod winselnde Philosoph —

Rosalie.

Den Sie „Sokrates" nennt — die heuchlerische Katze —

Winzer.

Wie! Mein Fleisch und Blut empört sich gegen mich? Mein Weib, mein Kind?

Philippine.

Ja, ja, ja — dein Weib und dein Kind! Schwacher, schwacher Silen! — Zum letzten Mal: wollt ihr mit uns abreisen oder nicht?

Holland.

Nein, nein, nein!

Die Männer (ohne Dalberg).

Nein, nein, nein!

Winzer.

Hundert Milliarden mal Nein! Geht, fahrt ab, verlaßt uns! Lieber bei Rindfleisch und Kalbsbraten verhungern, als dieses eheliche Joch länger auf mich nehmen. Trennung, Scheidung — nur zu!

Rosalie (außer sich).

Trennung! Scheidung! — O ihr —

Philippine (ihre Wuth bezwingend).

Still! Wir wollen sehn, wer zuletzt triumphirt! (zu den Damen) An die Koffer; an die Wagen; wir fahren ab!

Zollstab.

Wir protestiren!

Anastasius.

Wir Männer protestiren!

Holland.

Fahrt ab in des Teufels und seiner Großmutter Namen: wir bleiben hier!

Philippine (bleibt auf der Schwelle stehn, während die andern Damen ins Haus stürzen; blickt voll Verachtung zurück).

Ihr protestirt? Protestirt, so viel ihr wollt — ihr großen Männer! Ich sage euch nur noch dies: eine Versammlung von großen Männern ist der größte Narr auf dieser Erde!

Dalberg (ihr nachrufend).

Wie Franklin dachte und sein Buchdrucker druckte!

Philippine (wirft ihm noch einen zornigen Blick zu, stürzt dann ins Haus ab).

Rosalie (drinnen).

An die Koffer! — Spörlein! Wir reisen ab!

Philippine (drinnen).

Spörlein! Spörlein!

Fanny! Marie!

Käthin (ebenso).

Christinchen (ebenso).

Spörlein! (Lärm im Hause.)

Dalberg (für sich).

Unsre Minen springen. Glückauf! (Spörlein, zwei Dienstmädchen kommen hastig, theils aus der Thür, theils hinter dem Hause hervor, mit Koffern und Reisetaschen bepackt, die Damen hinterdrein, gleichfalls mit Schirmen, Plaids, Handtäschchen beladen; eilen alle nach links über die Bühne.)

Anastasius.

Hurrah! Hurrah!

Käthin (außer sich).

Verworfenes Geschöpf!

Philippine (bleibt stehn).

Seht ihr's? Wir reisen ab! Auf Wiedersehn auf dem Bahnhof drüben in Seebruck — oder nie!

Käthin (gegen Anastasius).

O du — du — — (Ringt nach Worten; endlich, mit der Geberde des Ohrfeigens) Und dich erwartet deine liebende Mutter!

Winzer.

Glückliche Reise! Nur zu! (Die Damen und die Dienstboten nach links ab.)

Fünfter Auftritt.

Winzer, Holland, Arthur, Zollstab (Dalberg bald ab); **Helene.**

Helene (hat die Scene schon eine Weile unbemerkt aus ihrem Fenster beobachtet, tritt jetzt aus ihrer Thür, ein Arbeitskörbchen am Arm; lächelnd, für sich).

Meine Schwestern in Eva sind fort. — Ich dächte, jetzt wäre meine Stunde gekommen!

Dalberg (erblickt sie; leise).

Ah — Helene!

Helene (leise).

Ich bitte, lassen Sie mich mit meinen Löwen allein! (Dalberg ab, heimlich in Philippinens Pavillon hineinschleichend. Helene tritt vor.)

Guten Morgen, ihr lieben Herren.

Arthur.

Ah! Cousine Aurelie!

Winzer.

Unsere Aurelie, unser Lächeln —

Holland.

Unser Stern geht auf!

Helene.

Guter Onkel Holland! — — Doch hört' ich hier nicht eben ein — lebhaftes Gespräch?

Zollstab.

O nein!

Holland.

Hatte nichts zu bedeuten.

Arthur.

Hatte nichts zu bedeuten! — Aber warum lächelt unser Lächeln heute so elegisch —

Winzer.

Elegisch; ja ja. Wie wenn man Ihnen zum Frühstück nichts als trockenes Rindfleisch — (einen Seufzer unterdrückend) Reden wir nicht von Rindfleisch! — Was ist Ihnen geschehn?

Helene.

Mir? — Ich habe nicht geschlafen, mein guter Onkel; das ist alles.

Winzer.

Nicht geschlafen, kleine blasse Rose? Warum nicht?

Helene (lächelt).

Ich war zu klug, Onkel. Ich habe diese Nacht zu viel Gedanken gehabt! — — Kinder, wollt ihr mich anhören?

Holland.

Nun ja freilich! Was giebt's?

Helene (setzt sich).

Es geht euch alle mit an! Ihr Männer von Athen, setzt euch um mich her; — es wird eine nachdenkliche Geschichte.

Arthur (für sich).

Gott, wie entzückend sie ist! (Spörlein und die Dienstmädchen kommen von links, gehn ins Haus zurück.)

Helene.

Es war einmal —

Winzer.

Eine junge Hexe, die allen Söhnen Adams die Köpfe verdrehte —

Helene.

Nein, so fängt es nicht an. Es war einmal ein verständiges junges Mädchen, das in einer schlaflosen Nacht bei sich sann und dachte: Sind wir nicht eigentlich, wir alle mit einander, recht eigensüchtiges, lasterhaftes, unchristliches Volk? Leben wir nicht — — (mit ihrem holdesten Lächeln) Doch ihr werdet mir auch nicht übelnehmen, was ich über uns sage?

Arthur.

O Aurelie! Ihnen!

Anastasius.

Wir verzeihen dir Alles, kleine Tante.

Holland.

Weiter, weiter im Text!

Helene.

Das verständige junge Mädchen sagte: Leben wir nicht alle recht in den Tag hinein, ohne uns zu fragen, wie das dem Hausherrn gefällt? Haben wir uns nicht eigentlich recht naiv — das kleine Wort trifft uns, glaub' ich — recht naiv auf unsre angestammten Verwandtschaftsrechte verlassen, ohne bei uns zu bedenken, ob wir auch dem Herzen unseres guten Max Hammer verwandt sind?

Holland.

Hm!

Winzer.

Wo will das hinaus?

Helene.

Ich glaube, ich bin eine gute, zärtliche Cousine — fast zu zärtlich, fürcht' ich (sieht sie einzeln an); aber, Kinder, ich frage mich: treiben wir's nicht zu weit? — Gott! wie unhold es ist, wenn man die Verwandtschaft zu weit treibt, habt ihr leider an meiner Schwester Helene erlebt —

Holland.

Ja, das haben wir; Element!

Helene.

Und ich glaube zu sehn, daß Max unter uns leidet. Er geht sonderbar verstört und verstimmt umher —

Zollstab.

Allerdings; das ist Thatsache.

Helene.

Er muß sich oft die äußerste Mühe geben, nur noch freundlich zu sein —

Arthur.

Das kann ich bezeugen!

Anastasius.

Ich auch!

Helene.

Und mir scheint, mir scheint, er ist heimlich verliebt —

Zollstab.

Was?

Holland.

Heimlich verliebt?

Helene.

Wie ihr alle euch wundert! — Ja, er ist verliebt. — Und nun könnt ihr euch denken, wie er unter uns leidet: wir wie ein ewiger Bienenschwarm um ihn her — unsre Heiterkeit, unsre laute Lustigkeit ihm nichts als eine Last — und in seinen eignen vier Wänden fühlt er sich niemals zu Haus!

Holland (mitleidig).

Ja ja!

Bollstab.

Sie hat Recht.

Arthur.

Gute Cousine! — Nun, was sollen wir thun?

Helene.

Was thun? — Das will ich euch sagen, meine Freunde. Abreisen — allesammt.

Holland.

Abreisen?

Arthur.

Ohne Aurelie?

Helene.

Aurelie reist auch.

Winzer.

Was? — Wie? wohin?

Holland.

Warum?

Helene.

Eben um Maxens Liebe.

Holland.

Was heißt das? — Zum Teufel, wen liebt er denn?

Helene.

Wen er liebt? — Wollt ihr euch nicht wundern, euch nicht entsetzen?

Winzer.

Heraus, heraus mit der Sache —

Helene.

Nun, wenn ihr's denn wissen müßt, ihr neugierigen Männer: er liebt — meine Schwester Helene. (sieht sie der Reihe nach an) Seid ihr entsetzt, oder nicht?

Holland.

Dieses Mordsfrauenzimmer —

Arthur.

Diese Helene? — Woher wissen Sie das?

Helene.

Ich habe gestern Abend gehorcht — zufällig gehorcht — als Vetter Max es dem Doctor Dalberg gestand. Ja, er liebt sie — bei Gott! Und wenn er Die nun heirathet —

Holland (entsetzt).

So war ich zum letzten Mal hier!

Winzer.

Und ich auch!

Anastasius.

Ich auch!

Helene.

Ja, das glaub' ich euch gern; — doch gewiß wird er sie heirathen. Und um euch Alles zu sagen — (Sieht sie zögernd und zweifelnd an.)

Winzer.

Nun?

Helene.

Soll ich?

Zollstab.

Alles heraus!

Helene.

Meine Schwester Helene — kommt wieder; — kommt noch heut.

Holland (springt auf; Winzer und Arthur desgleichen).

Hierher? — Sind Sie toll?

Helene.

Nein; aber ich reise ab. Mich neben Helene als ihre Schwester zu behaupten, (für sich lächelnd) ist mir physisch unmöglich. Und wenn ich auch ihre allernächste Verwandte, ihre Bluts=schwester bin: mit so einem Verwandtschaftsteufel, so einer Schmarotzerseele, so einem Gegenstand des allgemeinen Hasses halt' auch ich es nicht aus; — wie viel weniger ihr!

Holland.

Wie viel weniger wir! — Ja ja ja, das ändert freilich die Sache: dann verspür' ich durchaus keine Lust mehr, da=zubleiben, meinem Christinchen zum Trotz —

Zollstab.

Dann reisen wir alle!

Arthur (elegisch).

Ach, schöne Cousine!

Helene.

Was?

Arthur.

Auch Sie fort — unser Engel —

Helene.

Still! — Wenn ihr thörichten Männer mich euren Engel nennt, — wollt ihr mir etwas zu Liebe thun? Wollt ihr euch tief und für ewig in mein Herz graben?

Anastasius.

Ja, das wollen wir alle.

Holland.

Still, du Kaulquappe! — Ja, das wollen wir, Kind.

Helene.

Wollt ihr wirklich? — Ich habe einen Brief an Vetter Max aufgesetzt — und darin schreibe ich ihm: ich sei ohne feierlichen Abschied abgereist, nebst der ganzen Gesellschaft, weil wir entschlossen seien, ihm nicht länger zur Last zu fallen —

Zollstab.

Gut so! gut!

Helene.

Wir alle räumten hiemit der zartfühlenden Helene das Feld —

Holland.

„Zartfühlend" gefällt mir!

Helene.

Und wir allesammt gelobten hiemit, daß wir in diesem Hause nicht eher wieder erscheinen würden, als bis der Hausherr selbst — oder die Hausfrau — uns feierlich einlüden, zu kommen.

Holland.

Das ist stolz — und ist gut!

Helene.

Und beß zur Urkund hätten wir uns sämmtlich unter=zeichnet — auch der kleine Genius da — (zieht Brief und Bleistift hervor) Und nun fordre ich euch auf, ihr Männer, zu unter=zeichnen!

Zollstab (heroisch aufgeregt).

Ja, das wollen wir thun!

Holland.

Ja, das wollen wir thun! — Geben Sie her!

Winzer (während die Andern der Reihe nach unterzeichnen, für sich, schlau).

Hm! Das ändert die Sache. Wenn diese sentementalen Schwachköpfe allesammt davongehn — so bleibe ich hier allein!

Helene.

Ich dank' euch. (für sich) Meine Löwen wären in der Falle! (laut) Nun, mein Onkel Sokrates, unterzeichnen Sie nicht auch?

Winzer.

Ja, gewiß, gewiß. Das heißt, mein liebes Kind: ich bespreche Alles wie ein Philosoph mit meiner Seele; also auch Dies. Ich gehe, (lächelnd) ich rede mit meiner Seele — und dann komm' ich zurück! (Geht ins Haus hinein.)

Helene (sieht ihm nach; für sich).

Ei, ei! Seht diesen alten Fuchs! (lächelnd) Wart, dich werde ich fangen!

Anastasius (stolz).

Ich habe auch unterzeichnet — und mit so einem Haken!

Sechster Auftritt.

Helene, Max (die Andern bald ab).

Max (von hinten rechts; finster, für sich).

Die Thierbändigerin in dem großen Käfich! Wenn sie ihr alle die Peitsche küssen, das macht sie glücklich —

Arthur (zu den Andern, leise).

Still! Vetter Max.

Anastasius.

Vetter Max! — Schleichen wir uns davon!

Helene.

Geht, rüstet euch, packt, was noch zu packen ist; und dann schleicht ihr um den Küchengarten herum bis zum Rondel — und in den Wagen hinein. Ich besorge den Brief — und dann mit dem allerletzten Wagen euch nach!

Arthur (seufzt).

Ach, Aurelie —

Helene.

Die Abschiedsthränen hernach! — Mein holder Onkel, gehen Sie voran!

Holland.

Ich gehe! (Holland, Zollstab, Arthur ab ins Haus. Anastasius bleibt noch stehn, küßt Helenen plötzlich die Hand.)

Anastasius (in verliebter, verrückter Aufregung).

O du Genius meines Lebens — (Küßt ihr nach jedem Satz wieder die Hand.) Eine Seele, die kein gewisses Ziel hat, verirrt sich — — Die Kaulquappe liebt dich! — Adieu! (Läuft den Andern nach.)

Helene (nachdem sie ihm lächelnd nachgeblickt, für sich).

Das wäre gethan! — — Doch dieser Max — wie ein Geist — Warum redet er mich nicht an?

Max (für sich).

Ich dachte noch einmal zum Abschied mit ihr zu reden; — nun will nichts heraus. Besser, ich gehe! (Will fort.)

Helene (laut, gekränkt).

Sie da! Max!

Max.

Was befehlen Sie, mein Fräulein?

Helene.

Etwas von dem Eis auf Ihrer Zunge! — Warum wollen Sie gehn?

Max.

Warum blieb' ich hier?

Helene.

Ich weiß nicht, red' ich mit Max Hammer, meinem Freund, oder nicht? Bin ich noch Helene —

Max.

Eben das frag' ich Sie! Sind Sie noch Helene, oder nicht? Wer, wer sind Sie —

Helene.

Diese Frage les' ich schon drei Tage auf Ihrer Stirn. Warum sprechen Sie sie nicht aus? Immer gehn Sie wie ein Gespenst um mich her — Jetzt endlich, jetzt stehen Sie mir Rede! Ich will wissen, was Ihre Geister-Augen bedeuten —

Max.

Helene!

Helene.

Was wollen Sie?

Max.

Helene! Sehn Sie mich nicht mit diesem klagenden Lächeln an: Sie versenden es ja an Jeden — es ist schon zu bekannt. Ich beleidige Sie — ich weiß — doch bei Gott, es geht nun in Einem hin! Unglücklich will ich sein, wenn ich denn muß; aber nicht so, daß ich mich verachte!

Helene.

Unglücklich — warum?

Max.

Eine unschuldige Frage! — Helene! An was soll ich bei Ihnen glauben, wenn Sie mit so vollendeter Virtuosität Alles sind, was Sie wollen? Wer, wer sind Sie dann noch? In welche Ihrer vielen Rollen hab' ich mich dann verliebt? Wie oft im Jahr wird mir dann das Glück werden, Sie grade in dieser geliebten Rolle zu sehn? Sie — Sie — ich rede so an Sie hin, und weiß nicht, welches von Ihren hundert Ich's mich hört! Und wenn ich mir in meinem fiebernden Hirn denke, Sie wären mein: dieses Regenbogenspiel Ihrer schönen Seele, wie viele Andre wird es noch außer mir beglücken?

Helene (auffahrend).

Max! Sie wissen nicht, was Sie sagen!

Max.

Ich weiß, ich weiß — daß ich nicht weiß, was ich sage. Ich bin nicht so recht bei mir. Sie lachen mich wohl nur aus; — und darum — fort. Lassen Sie mich fort! Eh ich ersticke — weg aus dieser Luft —

Helene.

Aus Ihrem eigenen Hause? Eine neue Art, seinen Gästen die Thür zu weisen —

Max.

Lassen Sie mich fort! Ich hatte eine Vorstellung von Ihnen — phantasirte von Ihnen — wie von einem Thema, einer Melodie; die Melodie hat sich als eine unfruchtbare Spielerei entlarvt — und nun fort! nun fort!

Helene.

Er ahnt nicht, wie grob er ist; er ahnt's nicht. O nur zu, nur zu! Entladen Sie nur die ganze Batterie —

Max.

Helene —

Helene.

Schonen Sie mich nicht! Es erleichtert mein Herz: ich sehe, daß Sie doch auch der sanfte Engel nicht sind; daß Sie böse Wetter machen wie wir Andern — wie ich. Das giebt mir Muth! Ich bin eine rasche, heftige Person, habe warmes Blut; doch Sie sind auch ein Mensch: wir taugen zusammen!

Max (verwirrt).

Helene! Scherzen Sie noch?

Helene (ernsthaft).

Nein, mein Freund! — Geben Sie mir Ihre Hand. Ich will Ihnen etwas ganz Ernsthaftes sagen; ganz, ganz unter uns.

Max.

Was?

Helene.

Es ist zwar gegen die Abrede; aber ich sag's Ihnen doch.
Max — ich habe Sie lieb.

Max.

Helene —

Helene.

Hören Sie, aber unterbrechen Sie nicht! — Und weil ich Sie lieb habe, will ich Ihnen auch mein Geheimniß verrathen: (lächelnd) Max, ich bin wirklich nur ein einziger Mensch! Habe nur Ein Ich; — und das zeig' ich Ihnen einmal unter vier Augen — und wenn Sie wollen, dann noch dreißig Jahre lang — bis an meinen Tod. (ernst) Ach mein Freund! Was bin ich für ein armer, elender Mensch, wenn ich Keinen habe, dem ich mich zeigen kann, ganz wie ich bin? Wenn's meine Kunst, mein Beruf ist, vor den Vielen stets eine Andre zu scheinen, so lechz' ich danach, vor Einem ich selbst zu sein! Täuschung für die Andern, Wahrheit für den Einen! — Und dieser Eine steht wie eine Statue der Verwunderung da und schweigt wie ein Grab!

Max.

Lassen Sie mich zu Worte kommen, lassen Sie mich reden? — O Helene! Sie haben mich wirklich lieb!

Helene (heiter).

Viel, viel schlimmer als das: ich liebe Sie! — Ich liebe Sie, weil Sie ein Narr sind; ich liebe Sie, weil Sie so ein guter, wahrhafter, brummiger, unausstehlicher, goldener Mensch sind; ich liebe Sie, wie das im Sturm schwankende Schiff seinen Anker liebt; —. und damit Sie an alle diese Wunder glauben —

Max (lächelnd).

Fühl' ich, ob Sie es sind! (Zieht sie in seine Arme.)

Siebenter Auftritt.

Max, Helene, Philippine; später **Dalberg.**

Philippine (von links, mit Reisetasche, Plaid, Schirm, geht nach ihrem Pavillon; für sich).

Meine guten Cousinen reisen ab — (lächelnd) also kehr' ich um und bleibe hier! (Will hinein, erblickt das Paar.) Mein Gott — Zeichen und Wunder!

Helene (sich erschrocken losmachend).

O Himmel —

Philippine (nach Fassung ringend).

Also das war die Meinung! Nachdem man all den Andern die armen Köpfe verrückt, wirft man sich diesem Vetter an den Hals! Und hier, hier vor der Thür —

Max.

Ich ersuche dich, Tante —

Philippine.

Hier, hier vor der Thür —

Max.

Ich ersuche dich, hier vor meiner Thür zu reden, wie sich's — vor meiner Braut geziemt!

Philippine.

Vor deiner Braut —

Max.

Du hörst! Vor meiner Braut! — Nicht dieses höhnische, dieses giftige Lächeln — oder mir reißt die Geduld! (Dalberg's Kopf wird in der Thür des linken Pavillons sichtbar.) Nicht eine Silbe mehr gegen dieses Mädchen — oder ich vergesse die letzte Rücksicht, die ich dir schuldig bin, und spreche auch einmal frei von der Brust!

Helene.

O still, still —

Philippine (halb bestürzt).

Sieh da, sieh da — ein ganz verwandelter Mensch! Du empört gegen mich — deine zweite Mutter — die nichts will, als dein Glück —

Max (Helene an sich drückend).

Ich habe es schon im Arm!

Philippine.

Die ja nur hier steht, um ihre Mutterpflichten gegen dich zu erfüllen — als Dame dieses Hauses euer Glück zu behüten und den Anstand zu schützen — (für sich) Ich bleibe hier!

Max.

Zu viel Pflichtgefühl; ich beschütze ihn selbst! Dieses Lächeln da kann ich nicht mehr sehn — (zu Helene, die ihn beschwichtigt) Laß mich! Zwanzig Jahre lang hab' ich mich an diesem Lächeln satt gesehn: jetzt ist's genug! Und wer dieses Mädchen da so lange hassen und verfolgen und bekriegen konnte, taugt mir nicht zur Dame meines Hauses — taugt mir nicht — und der Himmel beschütze seine Wege!

Philippine (fassungslos).

Er ist außer sich; — so hab' ich ihn niemals gesehn! (mühsam) Ei, mein lieber Neffe — ich soll also vergessen, was ich unserm ganzen Hause schuldig bin — und dem Anstand, der Ehre — — O nein, nein: lieber will ich hier sterben, als es vergessen! (Wendet sich rasch zu ihrem Pavillon, Max das Wort abschneidend, und will hinein. Dalberg tritt ihr entgegen, in beiden Händen den großen fünften Band, aus dem mehrere beschriebene Bogen hervorstehn.)

Dalberg.

Preisen wir die Vorsehung, gnädige Frau: jener verlorene fünfte Band hat sich gefunden! — Und nicht er allein: auch ein Ableger von ihm — (die Papiere aus dem Buch hervorziehend) dieser deutsche Ableger, der sich offenbar zu einem dreibändigen „Originalroman" auswachsen wollte; — wenn Sie erlauben, lese ich ihn vor!

Philippine.

Mein angefangener Roman! (reißt ihm die Papiere aus der Hand) Geben Sie her! — Sie, Sie — (ringt umsonst nach Worten; endlich für sich, vernichtet) Ich bin unmöglich! (Stürzt ab, ins Haus.)

Achter Auftritt.

Max, Dalberg, Helene, Spörlein, Dienstmädchen, dann Winzer.

Dalberg.

Mir ahnt, diese Dame und dieses Haus sehen sich nicht wieder!

Spörlein (tritt in die Hausthür, ein Dienstmädchen hinter ihm).

Frau Winzer bittet um einen Wagen; sie wünscht sofort abzureisen.

Max (nach links hinausblickend).

Die Extrapost, in der sie zurückgekommen, hält noch am Rondel; die gnädige Frau kann einsteigen, wann es ihr beliebt.

Spörlein (zum Dienstmädchen).

Packen Sie vollends ein! (Das Mädchen in den linken Pavillon; Spörlein ins Haus zurück.)

Dalberg.

Und siehe, es ward Licht!

Helene (blickt nach rechts; lächelnd).

Ah — meine dicke Zielscheibe kommt mir vor den Schuß; — geht, laßt mich allein!

Max.

Der Onkel eilen?

Helene (nickt).

Geht, geht! (Max und Dalberg treten hinter den linken Pavillon zurück.)

Winzer (kommt von rechts, hinter dem Hause; vor sich hin).

Alles fort — auch die unterzeichneten Mannsbilder fort — aber ich halt's nicht mehr aus. — Spißaal! — Ein Butter=bröbchen mit Lachs! (Will ins Haus.)

Helene (tritt von hinten an ihn heran; halblaut).

Ein Butterbrödchen mit Lachs! — Armer Hiob, ich wüßte Ihnen zu helfen!

Winzer.

Was sagen Sie, meine holde Aurelie?

Helene.

Es bringt mich um, Sie so leiden zu sehn! — Wenn ich nun meiner bösen Schwester Helene einen Possen spielte — (Zieht aus ihrem Arbeitskörbchen ein kleines Packet hervor, wickelt eine Buttersemmel heraus.)

Winzer.

Ein Butterbrödchen —

Helene.

Mit Lachs!

Winzer.

Oh! — — Und was könnte mit diesem Butterbrödchen geschehn —

Helene.

Jemand könnte es essen.

Winzer.

Engel des Lichts! (furchtsam, mißtrauisch) Unbemerkt? Ungestraft?

Helene.

So gewiß ich Helenen's Schwester bin; — essen Sie, Helenen's Schwester steht Wache!

Winzer.

Wie es duftet — Oh! (Sieht sich noch einmal um.) Lebensretterin! — Und wenn's meine Seligkeit gölte — (Beißt hinein.)

Helene (nimmt heimlich aus ihrem Arbeitskörbchen den auffallenden Hut aus dem ersten Act, setzt ihn hinter seinem Rücken auf).

Schmeckt's, armer Hiob?

Winzer (essend).

Oh!

Helene (zieht auch ihr Lorgnon hervor, setzt es heimlich auf).

Wenn nun meine böse Schwester Sie in diesem Augenblick sähe?

Winzer.

Nun, so war ich doch noch einmal glücklich; so mag sie mich sehn!

Helene (in Helenen's Ton).

Onkel Silen!

Winzer.

Was ist das? (Wendet sich nach ihr um.) Teuflische Gaukelei!

Helene.

Sie haben Ihre Wette verloren, Onkel Silen.

Winzer.

Helene — Aurelie — — Helene! — Das ist eine Infamie!

Dalberg (mit Max vortretend).

Fünfhundert Thaler, Herr Winzer; — es lebe die Philosophie!

Max.

Fünfhundert Thaler für ein Butterbrödchen mit Lachs!

Winzer (ruft).

Spörlein!

Spörlein (in der Hausthür).

Sie befehlen?

Winzer (gebrochen).

Geben Sie mir — meinen Hut. Geben Sie mir meinen Schirm.

Spörlein.

Wollen Sie fort? mit der gnädigen Frau?

Winzer.

Geben Sie mir meinen Mantel. Ja, ich will fort. (Spörlein ins Haus zurück. Mit einem Blick auf Helene) Ich werde mich nie wieder für ein blasses, fettes Hälschen erweichen; — diese Schlange habe ich geliebt!

Neunter Auftritt.

Die Vorigen, Philippine.

Philippine (aus dem Hause; zugleich kommt das Mädchen aus dem linken Pavillon wieder hervor, mit Handkoffer und Hutschachtel. Zurücksprechend). Der Wagen wartet? Gut! (zu Max, der sie anreden will) Ich bitte, keinen Abschied, keine — Ceremonien! (sich ironisch vor Helenen verneigend, die Hut und Lorgnon wieder abgenommen hat) Meine heißesten Segenswünsche — und damit genug. — — Winzer, du kommst! (Rauscht nach links ab, das Dienstmädchen ihr nach.)

Spörlein (aus dem Hause).

Hier, Herr Winzer: Hut, Mantel und Schirm!

Winzer.

Gut.

Helene (legt sanft die Hand auf seinen Arm).

Onkel Sokrates!

Winzer.

Was?

Helene.

Sie haben die Wette verloren, sie war Ihnen zu stark; — wollen Sie Ihre Schuld durch ein Gelübde bezahlen?

Winzer.

Wie verstehn Sie das, falsche Schlange?

Helene.

Wollen Sie uns statt der Bezahlung geloben, bei dem ersten (mit Betonung) Herren=Diner, das sich in diesem Haus er= eignen wird, auf unsre Gesundheit zu trinken? (Winzer starrt Max und Helene an.) Und auf diesem Herren-Diner von all den fetten Herrlichkeiten zu essen, an die Ihre arme Seele in diesen Tagen gedacht hat?

Max (lächelnd).

Meine Liebste hat Recht! Onkel Winzer, schlag' ein: ein Gourmand, ein Wort!

Winzer.

Wie, steht es hier so? Liebe — Hochzeit — Herren-Diner — — Diner! (Max und Helene bei den Händen nehmend) Kinder, ich bin euer Mann; labet mich ein, ich komme. Tischt auf, was ihr wollt: ich bin ein genügsamer Mensch!

Spörlein (ist Philippinen nachgeeilt, kommt zurück).

Herr Winzer, die gnädige Frau läßt bitten — oder sie fährt ab!

Winzer (seufzend).

Ich komme. Ich komme. — Auf Wiedersehn beim Flammri —

Helene.

Mit Crême à la vanille!

Winzer (will gehn).

Spörlein! Bringen Sie mir noch ein Butterbrod an den Wagen —

Helene.

Ein Butterbrödchen mit Lachs! (Spörlein stürzt ins Haus.)

Winzer (drückt Helene nochmals die Hand).

Engel — Cherub! — Lebt wohl! (Eilt nach links ab. Gleich darauf kommt Spörlein mit Butterbrod auf einem Teller zurück, eilt ihm nach.)

Dalberg.

Die Literatur sitzt im Wagen, die Philosophie steigt ein: nur die Liebe bleibt hier. — Holder Kammerjäger, Ihr Werk ist gelungen: dieses Haus ist rein!

Max.

O Helene! Helene! (Küßt ihr glückselig die Hand; will sie in seine Arme ziehn.)

Helene (lächelnd).

Still! — Ganz, ganz rein muß die Luft sein; nicht eher. (Posthorn hinter der Scene.) Ah, sie fahren ab!

Max.

Und du bleibst! Mein auf ewig! (Umarmt sie. Zu Dalberg) Und Du — wir Drei —

Dalberg.

Als der große Dreiklang!

(Der Vorhang fällt.)

Druck von W. Drugulin in Leipzig.

Verlag von L. Rosner in Wien.

Nr. 24. **Bon Appetit.** Schwank in einem Akt. Nach dem Französischen von Otto Pfeiffer und Jul. Hilbert. Preis 60 kr. ob. M. 1.20.
Nr. 25. **Marcel.** Drama in einem Akt von Sardou u. Decorcelle. Preis 60 kr. ob. M. 1.20.
Nr. 26. **Elfriede.** Schauspiel in drei Akten von L. Anzengruber. Preis 80 kr. ob. M. 1.60.
Nr. 27. **Sacré Coeur!** Lustspiel in einem Akt. Nach fremder Grundidee von F. Zell. Preis 60 kr. ob. M. 1.20.
Nr. 28. **Die Zauberformel.** Lustspiel in einem Akt von S. Fritz. Preis 50 kr. ob. M. 1.—
Nr. 29. **Das Weib des Claudius.** Schauspiel in drei Akten von Alex. Dumas (Sohn). Preis 80 kr. ob M. 1.60.
Nr. 30. **Die Tochter des Wucherers.** Schauspiel mit Gesang in fünf Akten von L. Anzengruber. Preis 1 fl. 20 kr. ob. M. 2.40.
Nr. 31. **Ein delicater Auftrag.** Lustspiel in einem Akte, nach dem Französischen von Anton Ascher. Preis 60 kr. ob. M. 1.20.
Nr. 32. **Oenone.** Trauerspiel in einem Aufzuge von Alfred Berger. Preis 60 kr. ob. M. 1.20.
Nr. 33. **Der Seiltänzer.** Schauspiel in einem Akt von Octave Feuillet. Preis 60 kr. ob. M. 1.20.
Nr. 34. **Angôt, die Tochter der Halle.** Komische Oper in drei Akten von Clairville, Siraudin und Koning. Deutsch von Anton Langer. Preis 50 kr. ob. M. 1.—
Nr. 35. **Der Strike der Schmiede.** Dramatisches Gedicht von François Coppée. Der Rabe von Edgar Poë. Deutsch von Eduard Mautner. Preis 50 kr. ob. M. 1.—
Nr. 36. **Verstrickt.** Schauspiel in vier Akten von Leon Laya. Deutsch von Adolf Sonnenthal. Preis 1 fl. 20 kr. ob. M. 2.40.
Nr. 37. **Cassis Pascha.** Posse mit Gesang in einem Akt. Nach dem Französischen von Carl Treumann. Preis 60 kr. ob. M. 1.20.
Nr. 38. **Der verliebte Löwe.** Schauspiel in vier Akten von Ponsard. Deutsch von Dr. August Förster. Preis 1 fl. 50 kr. ob. M. 3.—
Nr. 39. **Der letzte Babenberger.** Tragödie in fünf Aufzügen von Heinr. Bohrmann. Preis 1 fl. 50 kr. ob. M. 3.—
Nr. 40. **Der Raubmörder.** Lustspiel in einem Akte nach dem Französischen des Edm. About, deutsch v. F. Zell. Preis 60 kr. ob. M. 1.20.
Nr. 41. **Der G'wissenswurm.** Bauernkomödie mit Gesang in drei Akten von L. Anzengruber. Preis 1 fl. ob. M. 2.—
Nr. 42. **Vater Radetzky.** Historisches Charaktergemälde aus dem Soldatenleben mit Gesang und Tanz in vier Abtheilungen von Eduard Dorn. Preis 1 fl. 20 kr. ob. M. 2.40.
Nr. 43. **Schönröschen.** Komische Operette in 3 Akten v. Cremieux u. Blum. Deutsch von C. Treumann. Preis 50 kr. ob. M. 1.—
Nr. 44. **Die Schwestern von Rudolfstadt.** Lustspiel in einem Akt von Sigm. Schlesinger. Preis 60 kr. ob. M. 1.20.
Nr. 45. **Hand und Herz.** Trauerspiel in vier Akten von L. Anzengruber. Preis 1 fl. ob. M. 2.—
Nr. 46. **Madame Herzog.** Komische Operette in 3 Akten v. Milland. Deutsch von Julius Hopp. Preis 50 kr. ob. M. 1.—
Nr. 47. **Sulamith.** Trauerspiel in fünf Akten von Franz Keim. Preis 1 fl. 20 kr. ob. M. 2.40.

Verlag von L. Rosner in Wien.

Nr. 48. **Er kann nicht lachen.** Dramatischer Scherz in einem Aufzuge von Curt. v. Zelau. Preis 50 kr. ob. M. 1.—
Nr. 49. **Das letzte Aufgebot.** Vaterländisches Volksstück mit Gesang in zehn Bildern von Eduard Dorn. Preis 1 fl. ob. M. 2.—
Nr. 50. **Die gebildete Köchin.** Posse mit Gesang in einem Akte von Anton Bittner. Preis 50 kr. ob. M. 1.—
Nr. 51. **Doppelselbstmord.** Bauernposse mit Gesang in drei Akten von L. Anzengruber. Preis 1 fl. ob. M. 2.—
Nr. 52. **Die Perle der Wäscherinnen.** Komische Operette in 3 Akten v. Duru u. Chivot. Deutsch v. Hopp. Preis 50 kr. ob. M. 1.—
Nr. 53. **Fatinitza.** Komische Oper in drei Akten von Zell und Genée. Musik von Franz von Suppé. Preis 50 kr. ob. M. 1.—
Nr. 54. **Aus dem Stegreif.** Festspiel in einem Aufzuge von Josef Weilen. Preis 60 kr. ob. M. 1.20.
Nr. 55. **Das Weib des Urias.** Trauerspiel in fünf Akten nebst einem Vorspiel von Franz Türk. Preis 1 fl. ob. M. 2.—
Nr. 56. **Prinz Conti.** Komische Operette in drei Akten von Sardou u. Gille. Musik v. Charles Lecocq. Preis 50 kr. ob. M. 1.—
Nr. 57. **Aus Vorsicht.** Lustspiel in einem Aufzuge von Friedrich Gustav Triesch. Preis 60 kr. ob. M. 1.20.
Nr. 58. **Die Danischeff's.** Schauspiel in vier Akten von Peter Newsky. Preis 1 fl. 20 kr. ob. M. 2.40.
Nr. 59. **D'Raubi von Ebensee.** Gelegenheitsschwank mit Gesang in zwei Bildern von Anton Langer. Preis 60 kr. ob. M. 1.20.
Nr. 60. **Vom Juristentage.** Posse in einem Aufzuge von Anton Langer. Preis 60 kr. ob. M. 1.20.
Nr. 61. **Eine Vereinsschwester.** Schwank in einem Akt von Anton Langer. Preis 60 kr. ob. 1 M. 20 Pf.
Nr. 62. **Der Herr Gevatter von der Straße.** Genrebild in einem Aufzuge von Anton Langer. Preis 60 kr. ob. M. 1.20.
Nr. 63. **Eine verfolgte Unschuld.** Posse mit Gesang in einem Akt von Anton Langer. Preis 60 kr. ob. 1 M. 20 Pf.
Nr. 64. **Das heiß' Eysen.** Ein Fastnachtsspiel auf fremdiger Schawbine eröffnet von Hanns Sachs. Preis 40 kr. ob. 80 Pf.
Nr. 65. **Die ehrlich Bäckin mit ihren drei vermeinten Liebsten.** Ein Possenspiel von Jacobus Ayrer. Preis 50 kr. ob. 1 M.
Nr. 66. **Hanswurst, der traurige Küchelbäcker und sein Freund in der Noth.** Von Gottlieb Prehauser. Preis 60 kr. ob. 1 M. 20 Pf.
Nr. 67. **Geheimnisse.** Plauderei in einem Akt von F. Groß. Preis 60 kr. ob. 1 M. 20 Pf.
Nr. 68. **Fromont junior & Risler senior.** Drama in 5 Aufzügen von Alf. Daudet und A. Belot. Preis 1 fl. 20 kr. ob. 2 M. 40 Pf.
Nr. 69. **Einer von der Feuerwehr.** Lebensbild mit Gesang in 5 Abtheilungen von N. J. Kola. Preis 1 fl. 20 kr.
Nr. 70. **Der ledige Hof.** Schauspiel in vier Akten von L. Anzengruber. Preis 1 fl. ob. M. 2.
Nr. 71. **Die Christin.** Trauerspiel in vier Aufzügen von Sigmund Kolisch. Preis 1 fl. 50 kr. ob. M. 3.
Nr. 72. **Prinz Methusalem.** Komische Operette in drei Acten von Wilder und Delaour. Deutsch von C. Treumann. Musik von Johann Strauß. Preis 50 kr. ob. M. 1.—
Nr. 73. **Reine Liebe.** Lustspiel in einem Aufzuge von Friedrich Gustav Triesch. Preis 60 kr. ob. M. 1.20.

Druck von J. C. Fischer & Comp. Wien.